小学館文庫

処方箋のないクリニック

仙川 環

小学館

目次

book design : 岡本歌織（next door design）
illustration : 茂苅恵

もみじドライバー

1

洗い終えた皿とコップを食器洗浄機に入れ、乾燥スイッチを押した。食洗機は乾燥機能だけ使うのが、樫尾哲也《かしおてつや》のやり方である。

週末の家事は十年来、哲也の担当だった。妻の瑞希《みずき》は、選手生活を経て三十代のころからテニススクールのインストラクターを務めている。土日にレッスンに入ることも多い。哲也が勤める都内の生活用品メーカーは中小企業ながら土日が完全に休みだが、平日はそれなりに残業があった。だからこの分担にしている。

塩素系の漂白剤で布巾を消毒していると、ラケットケースを肩から提げた瑞希がキッチンに現れた。顔色が妙に悪いのは、屋外コートでのレッスンに備えて日焼け止めを塗りたくっているせいだろう。

栗色《くりいろ》に染めた髪を後ろで一つに束ねながら瑞希は言った。

「私、夕飯はいらないからね。レッスンの後、同僚と二人でワインバルに行くの」

「飲みすぎるなよ」

瑞希は一瞬嫌な顔をしたが、すぐに真顔に戻った。

「分かってるって。それより今夜は真奈《まな》も遅くなるから」

「聞いてる」

土曜で高校は休みだが、駅ビルに入っているハンバーガーショップで八時までアルバイトだそうだ。長男の翔太《しょうた》はすでに家を出て一人暮らしをしている。今夜の夕食は久々に一人で取ることになりそうだ。総菜でも買ってこようかと思っていると、瑞希が言った。

「あなた、久しぶりにお義父《とう》さんの家に顔を出して一緒にご飯でも食べたら？　こっちに来てもらってもいいし」

「いや、いいよ」

哲也の実家は、このマンションから徒歩三分のところにある。行き来するのは簡単だが、後期高齢者とアラフィフのおっさんが二人で食事をしても話題に困るだけだろう。しかし、瑞希はしつこく勧めた。

「料理を作るのが面倒なら、バス通り沿いにできたお蕎麦《そば》屋さんに行くといいかも。稚鮎《ちあゆ》の天ぷらが美味《おい》しいって評判なのよ。私、今日は車を使わないし」

「年寄りを人混みに連れ出せないよ」

「それはそうかもしれないけど……。例の件をお義父さんに話してほしいのよ。ウチのオーナーに返事をせっつかれちゃって。お義父さんの畑は、テニススクールにぴったりのロケーションなんだって」

やはりそういうことかと思いながら、哲也は首を横に振った。

「この前も言っただろ。それは無理だ」

先祖代々の畑を売ってくれなんて、父に言えるわけがない。父の平蔵《へいぞう》は今年八十歳になるが、現役の有機農家で葉物野菜やトマトを栽培している。都内の飲食店や自然食品店にも卸しており、結構人気があるようだ。

「お袋が亡くなってから、畑仕事は親父《おやじ》のたった一つの生きがいなんだ」

「でも、お義父さんはもう年だし、今どき都内で農業なんて流行《はや》らないでしょ。この辺で続けている農家はもうほとんどないし」

それはその通りである。江戸時代から続く農家だった樫尾家も、昭和の中期以降、農地を売却したり、マンションや駐車場に変えてきた。もっとも、そうやって形成した資産は祖父の運用が下手だったせいもあり、バブルの崩壊とともに大半が消え去った。現在残っているのは、一ヘクタールあまりの農地とこの賃貸マンションぐらいなものである。

「スクールの生徒さんで不動産に詳しい人がいるんだけど、この辺りの土地はこの先確実に値下がりするそうよ。今が売り時なんだって」

そう言われても困る。

「土地と親父のことは放っておいてくれ」

瑞希は不満げに唇を尖《とが》らせた。

「私は部外者ってこと?」

「そうは言ってない。農業は親父の代で廃業だ。そう遠い話じゃない。土地をどうするかは、その後考えれば十分だろう」

「それじゃあ遅いわよ。あなたの気が進まないなら、私からお義父さんに直接話してみようかな。悪い話じゃないのよ。どうしても畑を続けたいなら、奥の四分の一ぐらいをそのまま残す手もあるってオーナーが言ってたし」

「止《や》めてくれよ!」

つい大きな声が出た。他人から温厚と評される哲也には珍しいことである。瑞希も思いがけなかったようだ。目を丸くしていたが、やがて唇をキッと結び、踵《きびす》を返した。ポニーテールが勢いよく揺れる。

玄関のドアが閉まる音を聞きながら、哲也はため息をついた。

瑞希が勤めているテニススクールの経営者は、土地売買の話がまとまって新しいコートが完成したあかつきには、瑞希を共同経営者にすると言っているらしい。契約インストラクターから幹部への大抜擢《だいばってき》だ。四十代半ばを超え、インストラクターとして働くのが体力的にきつくなってきた瑞希には、願ってもない話だろう。

だから、前のめりになるのは分かる。楽しいけれど金銭的には割に合わないとこぼしつつ、十年以上インストラクターとして頑張ってきた妻には悪い気もする。それでも、農地をテニススクールに売ってほしいなんて、父には言えなかった。

とはいえ、あの様子では瑞希は父に直談判《じかだんぱん》をしに行くだろう。そうなったら最悪だ。父は気さくで陽気な性質《たち》だが、頑固者である。そのうえ、キレたらめっぽう怖い。

シンクの前で悩んでいると、ダイニングテーブルの上に置いてあったスマートフォンが鳴り始めた。画面をチェックしてギョッとした。父の名が表示されている。もう瑞希が父に連絡をしたのだろうか？

恐る恐るスマホを取り上げると、若い女性の声が聞こえてきた。

「樫尾哲也さんの携帯でよろしかったでしょうか？」

「はい、そうですが」

「あの、近所の者なんですが、お父さんが車で事故られたんです。ケガの痛みでしゃべりづらそうだったから、代わりに電話をかけてるんですけど」

哲也の顔から血の気が引いた。

「人身事故ですか？　命に別状は？」

「あ、それは大丈夫だと思います。たまたま畑のそばを通りかかって一部始終を見ていたんですが……」

父は、畑の出入り口付近に停《と》めてあった自分のトラクターを見落とし、軽トラの鼻先を引っ掛けてしまった。その際の衝撃で腹部をハンドルで強打したようだという。

「救急車を呼ぼうかと思いましたが、お父さんが病院は嫌だ、知り合いの骨接ぎさんのところに行くとおっしゃるものだから」

「ありがとうございます。すぐにそっちに行きます」

女性の名前と連絡先を聞いてから電話を切ると、急いで出かける支度をした。

女性の口ぶりから察するに、たいした事故ではなさそうだが、父は高齢である。これをきっかけに寝たきりになったりしたら困る。接骨院ではなく、それなりの規模の病院に連れて行くべきだろう。

この辺りで一番大きいのは、車で十分ほどの場所にある青島《あおしま》総合病院である。そこへ行くのがベストだと思うが、父が嫌がりそうだ。父はもともと大の医者嫌いな上に、青島総合病院に不信感を持っている。三年前に母が急逝したのは、青島総合病院で十年以上前に受けた乳がん手術の失敗が原因だと思い込んでいるのだ。母の死因は、心筋梗塞である。乳がんの手術とは、どう考えても無関係だ。父を納得させようと、姉の知り合いの医師に見解を求めたところ、哲也と同意見だった。なのに、父は頑として自説を曲げようとしない。

とはいえ、大きな病院はこの辺には他にない。父が嫌がっても青島に連れて行こう。

病院は母が世話になったときとは様変わりをしていた。建物をそっくり建て替えたようだ。新しくなったばかりでなく、病床数も増えたのではないだろうか。建物の裏手にある雑木林だけは当時の面影を残していた。

父は駐車場から建物までなんとか一人で歩けたものの、見るからに苦しそうだった。いつもはうるさいぐらいしゃべる人が無言で浅い呼吸を繰り返している。身体《からだ》をやや丸めているせいか、小柄な身体がますます小さく見えた。

受付で状況を説明すると、外科に行くように指示された。待合室は混雑していたが、緊急性が高いと判断されたせいか、ほとんど待たずに診察室に通された。

診てくれたのは若い男性医師だった。問診とレントゲンと腹部CT撮影の後、打撲と診断された。腹部の腫れがひどく、熱も出ていた。腹腔《ふくくう》内で若干出血しており、血が止まらないようなら手術が必要になる可能性もあるという。医師は、大事をとって一晩入院するように勧めた。

哲也に異存はなかったが、父は入院など必要ないと言い張った。そうはいっても、父は一人暮らしである。哲也が家に泊まり込んでもいいのだが、深夜に苦しみだしたりしたら困る。周りの人間のことも考えてくれと訴え、なんとか入院を承知させた。

四人部屋のベッドで、貸与された病衣に父が着替えるのを手伝った。飲みたくなったらいつでも飲めるようにサイドテーブルにミネラルウォーターのペットボトルを用意して病室を出ると、哲也は最上階にあるカフェテリアで早めの昼食をとることにした。かつ丼をチョイスし、食べながらスマホをチェックした。家を出る前に姉の朝子《あさこ》と瑞希にメッセージを送っておいたのだ。

瑞希からは、夕方のレッスンを休んで手伝いに行くと書いてあった。気持ちはありがたいが、入院といってもたった一泊である。替えの下着や歯ブラシは、病院の売店で買えば十分だから、遠慮しておいた。

姉は、すぐに様子を見に来るという。姉一家の住まいは、千葉県の松戸市にある。ここまではバスと電車を乗り継いで一時間半といったところだ。メッセージを見てすぐに家を出たとすると、そろそろ到着する頃合いだ。かつ丼をそそくさとかきこみ、父の病室に戻った。

父は仰臥《ぎょうが》して天井を眺めていた。時折頬が引きつるのは、痛みに耐えているからだろう。

「もうすぐ姉さんが来るから」

父は咎《とが》めるような目つきで哲也を見た。

「なんで呼んだんだ」

「知らせないわけにいかないだろ」

そう言ったものの、父の気持ちは分からないでもなかった。姉はここぞとばかりに父を責めそうだ。何年もの間、姉は帰省するたびに、父に免許の返納を迫っていた。高齢ドライバーが起こす交通事故が頻繁に報道されるのを見て、他人事《ひとごと》ではないと思っているのだ。

年始に来たときもそうだった。父がお茶を注ぐときに湯飲みからこぼしてしまったのを見咎めて、目が見えにくいんだろうと騒ぎ立てたのだ。

父は一歩も譲らなかった。身体に何も問題はないし、軽トラは仕事に必要だと主張した。最後は怒鳴り合いのようになってしまい、姉はぷりぷりしながら帰っていった。

こんなことになってしまい、父はさぞかし決まりが悪いだろう。見舞いは断ったほうがよかったかもしれないと思いながら、哲也は言った。

「それにしても、なんであんな事故を……。もしかして、トラクターが見えなかったの？」

父は掛布団を顎の上まで引き上げ目を閉じた。

「うっかりしてただけだ。免許を返納する気はないからな」

病室の扉が開く音がした。ベッドの周りに引いておいたカーテンを開けると、姉と目が合った。ボブカットの半白髪をかき上げている。年始に会ったときと比べて、一気に十歳ほど老けたようだった。白シャツに紺のコットンパンツという地味な服装だからかもしれない。

姉はいつものように背筋をピンと伸ばしていた。脚だけをスタスタと動かす独特の歩き方でベッドに近づいてくると、父の顔をのぞき込んだ。

「お父さん、朝子です」

父は目を閉じたままだった。狸寝入《たぬき》りを決め込むつもりだ。芝居に付き合うことにする。

「起こすのもかわいそうだ。外で話そうよ」

嫌がるかと思ったが、姉はあっさりうなずいた。

エレベーターホールにある談話スペースに行くつもりだったが、姉はエレベーターの下りボタンを押した。

「カフェは最上階だよ」

姉は冗談ではないと言うように眉を寄せた。

「周りの人に話を聞かれたくないわ。外に出ましょう。建物の裏にある雑木林に遊歩道があったと思う」

逆らうのも面倒だったので、エレベーターに乗り込み、建物の外に出た。お昼休みに入ったからだろうか。結構な数の人が遊歩道に出ていた。それが気に入らないのか、姉はやたらと早足である。

周囲に人の姿が見えなくなると、姉は事故の状況が知りたいと言った。ありのままを報告すると、姉は決めつけた。

「私が心配していた通りになったわね」

「本人は気落ちしてる。あまり責めるなよ」

「分かってるわよ。それより、今後のことをちゃんとしようと思って」

父はおそらく目が悪い。反射神経も衰えている。運転を絶対止めさせるべきなので、誓約書を書かせると姉は言った。

「誓約書?」

「運転を止めると一筆書いてもらうのよ。人身事故でも起こされたら、たまったものじゃないでしょう」

感情が高ぶってきたのか、姉の声は次第に甲高くなっていった。

「子どもなんかはねたら、本人はもちろん私たちも世間から袋叩《ふくろだた》きにされるわ。特にウチは困るのよ。和彦《かずひこ》さんも望《のぞみ》も立場ってものがあるから」

義兄は財閥系不動産会社の部長である。姪《めい》は今年の春、公共放送局でアナウンサーとして働き始めた。二人とも押しも押されもせぬエリートだ。それにしても、である。

「逆効果だよ。そんなことをしたら、意地でも運転を止めないぞ。今日のところは見舞いだけで帰ってよ。今後については、折を見て俺から話すから」

「哲也にお父さんを説得できる?　昭和の頑固親父は、ちょっとやそっとじゃ、折れないわよ」

「とりあえず眼科で視力検査を受けるように言うよ」

父は頑固ではあるが、そこまで無謀な人間ではなかった。身体的機能が衰えていると分かれば、免許返納にも応じてくれるのではないだろうか。

ふいに目の前がぽっかり開け、平屋が見えてきた。玄関の前に広々としたポーチがある。昔のアメリカ映画に出てくるような家だった。外壁のペンキがあちこちはげており、何色なのか定かではない。

「なんだろう。ずいぶん古そうな建物だ」

大型台風でも来たら、倒壊しそうだ。

姉も首を傾《かし》げている。

「こんな建物あったかしら。窓が開いてるわ」

背後で砂利を踏みしめる音がした。振り返ると、思いがけないほどの近さに男の姿があった。柔らかな雰囲気のインテリ風だが、グレーの膝丈パンツに同色の襟付きジャケットを羽織っている。小学校の制服を大人が着ているようで、違和感があった。手には洋菓子の箱らしきものを持っている。見舞い客が道に迷ったのか、あるいは散歩でもしているのか……。

困惑していると男がにこやかな笑みを浮かべながら話しかけてきた。

「患者さんですよね？　ちょうどよかった」

「えっと、あの……」

姉が無遠慮な視線を男に向けたが、男は気にする様子もなく、話を続けた。

「一足遅れていたら、お待たせすることになっていましたね。さあ、診察室へどうぞ」

姉と顔を見合わせた。この男は医師らしい。そして、哲也たちが診察を受けに来たと勘違いしている。

「いや、僕たちは散歩をしていただけで……」

男は笑みを崩さず続けた。

「何か面倒くさそうな話をしていませんでしたか？　視力検査を受けるようにお父様を説得するとか。相談に乗りますよ。シュークリームも買ってきたから一緒に食べましょう」

箱を軽く持ち上げながら言う。哲也は首を横に振った。

「結構です。本当に散歩をしていただけですから」

会釈をして、もと来た道を引き返そうと歩き始めたが、男が目の前に立ちはだかった。背伸びをしながら二人の背後に手を振る。

「おーい、ミカちゃん、患者さんだ。受診を迷っているようなんだ。君も説得して」

振り返ると、平屋の窓から、オレンジ色の服を着た女性が身を乗り出していた。女性は両手を大きく振ると、「すぐ行きまーす」と叫んだ。

二人はいったい何者なのだろう。いずれにしても関わらないほうがいい。哲也は姉に目くばせを送った。姉も同じ考えのようだ。心得顔でうなずく。

「失礼」

男を押しのけるようにして、来た道を引き返し始める。

「あっ、待ってください。ミカちゃん、早く！」

男が背後で叫んでいたが、哲也は姉を促し、足を速めた。

2

「両方とも一・二だね。運転に必要な視力は、両目で〇・七だっけ。おじいちゃん、余裕じゃん」

真奈が言うと、父は満面に笑みを浮かべて哲也に向き直った。

「朝子にもそう伝えておけ。毎日のように電話をかけてきて、免許を返納しろとうるさいんだ」

哲也は苦笑いするしかなかった。

父は一晩入院しただけで退院した。熱が引き、腹腔内の出血も止まったようだったので、主治医の許可が下りたのだ。とはいえ、患部は腫れていたし、痛みもあるという。退院した日を含めて、三日間は自室でほとんど寝て過ごした。食事は、消化のいいものを父の台所で哲也が作ってやったり、瑞希が自宅で作ったものを父の家まで運んできたりした。

四日目の水曜日、哲也は嫌がる父を引っ張るようにして、青島総合病院を再受診した。腫れがまだ残り、気分もすぐれない様子だったのだが、「年齢を考えると驚異的な回復力」と医師は言い、ナースには「奇跡の八十歳」と持ちあげられた。

それでおおいに気をよくしたせいか、父の体調はぐんぐんよくなった。土曜日には、完全にベッドから離れ、週明けからは哲也や瑞希による家事援助もいらないと言った。そこで日曜の昼、父の家で快気祝いをすることになったのだ。

茶の間で円形の座卓を囲み、出前の寿司《すし》をつまみながら、当たり障りのない話をしていたのだが、食後に父が何かを思い出したように突然部屋を出て行った。しばらくして戻ってきたときには、哲也が小さいころ子ども部屋に貼ってあった視力検査表を手にしていた。

父はそれを壁に貼ると、戸棚から巻き尺を取り出した。きっちり二・五メートル離れた場所に立ち、真奈を助手役にして視力を測定してみせたのだった。

思い通りの結果を出して、父は上機嫌だった。楊枝《ようじ》を使いながら言う。

「明日からぼちぼち畑に出るぞ。修理に出した軽トラも明日の朝、戻ってくる予定だしな」

「畑仕事は先生の許可が出てからにしてよ」

父はバカバカしいとでもいうように首を横に振った。

「医者なんかあてになるものか」

「驚異の回復力とか言われて喜んでたじゃないか」

「中には真っ当な医者もいるんだろう。でも大半がヤブだ」

醤油《しょうゆ》皿をお盆に集めていた瑞希が手を止めた。心配そうに眉をひそめて言う。

「畑仕事はともかく、運転は止めたほうがよくないですか？」

父の細い目が険しくなった。瑞希は早口で続けた。

「奇跡の八十歳なんでしょ。少なくとも百歳までは生きられますよ。その前に自動車事故で命を落としたら、もったいないじゃないですか」

冗談っぽい口調だったが、目は笑っていなかった。瑞希も父の運転を止めさせたがっている。そういえば昨日、珍しく姉と電話で話し込んでいた。

父は湯飲みのお茶を音を立てて飲んだ。

「仕事に軽トラが必要なんだ」

「同年配の皆さんは、とっくに引退してるじゃないですか。お義父さんも、今後は畑を縮小してのんびりやったほうがいいですよ」

父は苦虫を嚙《か》みつぶすような顔で、座卓に頬杖《ほおづえ》をついた。哲也に目くばせを送ってくる。瑞希を黙らせろという意味らしい。

「瑞希、そのへんにしておけよ」

哲也が言うと、瑞希は父に頭を下げた。

「生意気なことを言ってすみません。でも、心配なんです。高齢ドライバーが事故を起こしたっていうニュースを聞くたびに、他人事とは思えなくて」

父は首にかけていた手ぬぐいで、鼻の下をこすった。

「他人事だな。俺には関係ない」

哲也は瑞希と顔を見合わせた。後期高齢者が何を言う。しかし、父は大真面目《おおまじめ》のようだった。

「事故を起こすのは、あちこちにガタがきているジジババだ。俺はどこも悪くない」

「そうはいっても、事故を起こしたじゃないか」

「だから何度も言っただろ。うっかりミスなんだって。そんなに心配なら、枯葉マークをつけてやる。もみじマークっていうんだっけ？」

「最近は四つ葉マークっていうんだ。いや、そんなことより、眼科に行ってくれよ」

「病院なんか行くだけ無駄だ。今回だって、骨接ぎで十分だった。母さんも手術なんかしなければ、もっと長生きできたかもしれない」

母が亡くなったのは、病院や医師に落ち度があったからではない。今さら同じ説明を繰り返す気にならず黙っていると、膝を抱えてやり取りを聞いていた真奈が口を開いた。

「おじいちゃん、眼鏡屋さんへ行こうよ」

膝に顎を載せながら言う。父はいぶかしげな表情を浮かべた。真奈は前髪を指で払うと、頬に笑窪《えくぼ》を浮かべた。

「老眼鏡を作るんだよ」

「老眼鏡なら、あそこに入ってる」

父はテレビ台の引き出しを指さしたが、真奈は首を横に振った。

「百円ショップで買ったやつでしょ。自分の目に合うものを作ったほうがいいよ。ついでに視力検査を受ければ？」

なるほど、と思いながら哲也はうなずいた。素人が自宅で測るよりは、正確な結果が出るだろう。父も孫娘の提案に心を動かされたようだった。無精ひげを撫《な》でながらつぶやいた。

「そういえば、俺の野菜を置いてくれてるレストランの店長が、シャレた老眼鏡をかけてたな」

「軽くてカッコいいフレームがたくさんあるはずだよ。なんなら、これから行ってみる？」

父は「よっしゃ」と言って、胡坐《あぐら》の両膝を両手で叩《たた》いた。景気のいい音がした。

「哲也、車を出してくれ」

「分かった。すぐに取ってくるよ」

外出させるのはまだ早いような気もするが、このチャンスを逃す手はなかった。視力が悪いと分かれば、父は運転を諦めるだろう。悪くないなら、姉ももう少し柔軟に考えてくれるのではないか。

瑞希が苛立《いらだ》ったように息を吐いた。お盆を持って台所へ向かい、シンクで洗い物を始める。背中から、不満のオーラが出ていた。

瑞希は父に運転を止めさせたいのだ。その理由は、たぶん姉とはやや異なる。

その夜、風呂から上がるとダイニングテーブルで、缶ビールをチビチビ飲んだ。濡《ぬ》れた髪をタオルで巻いた瑞希が現れたので、一緒に飲もうと声をかけた。話したいことがあった。瑞希は二つ返事で承知した。彼女のほうも、話があるようだ。

瑞希は自分の分の缶ビールを持ってテーブルにやってきた。椅子に座ると、タオルをほどいた。髪を自然乾燥させるつもりのようだ。瑞希は髪が傷むといってドライヤーを嫌っている。

哲也は早速切り出した。

「親父の運転を止めさせたいのは、土地を売らせたいからか？」

瑞希はテーブルに肘をつくと、苦笑いを浮かべた。メイクを落とし、パジャマ代わりのスウェットを着ているせいか、顔が膨張して見える。

「正直言ってそれもある。でも、そもそもあの年で運転するなんて心配でしょ。お義《ね》姉《え》さんも言ってたけど、お義父さんは目が見えにくくなっているんだと思う」

自分にも思い当たる節があると瑞希は言った。

「最近しょっちゅうコップを倒すのよ」

「そうは言っても、軽トラは仕事に必要だし、簡単にはいかないさ」

瑞希は呆《あき》れたように哲也を見た。

「事故を起こしたのよ？　この際はっきり言うけど、畑は仕事というより、趣味かボランティアのようなものでしょ」

採算がとれていないはずだと瑞希は言った。

「有機栽培なのに、普通の野菜より安く売ってるんだもの」

「放っとけ。金に困っているわけもないし」

「そうは言っても。規模を小さくする手はあるんじゃない？」

例えば、飲食店や自然食品店との取引を止め、近所への宅配と庭先販売に限定すれば、運転する機会は大幅に減るはずだと瑞希は言った。なるほど、一理ある。運転を完全に止めろと言われると反発する父も、それなら受け入れてくれるかもしれない。

「分かった。俺からも親父に畑を縮小するように言ってみる。ただし、まだ土地を売る話はしない。するとしても、畑の縮小が決まってからだ」

瑞希は少し考えた後、うなずいた。アルコールのせいか、頬が赤くなっている。

「分かった。私はそれでいい。でも、お義姉さんが納得しないかもね」

「そうは言っても目に問題はなさそうじゃないか」

眼鏡店で測った視力は、両目で一・二だった。父は明日にでも運転を再開するだろう。

「お義姉さんは、もしかしたら緑内障かもしれないって言ってた」

「緑内障？」

瑞希の説明によれば視野が欠ける病気だそうだ。治療せずに放置すると、最悪、失明に至るという。

「お義姉さん、近いうちにこっちに来て、眼科に行くようにもう一度勧めてみるって」

「また喧嘩《けんか》にならなきゃいいけど」

「そんなこと言わないの。心配してるんだから」

今日の瑞希はやたらと姉の肩を持つ。最近密に連絡をとってもいるようだ。エリート意識が鼻につくといって姉を敬遠していたのに、どういう風の吹き回しなのか。

「ひょっとして畑を売る話を姉さんにしたのか？」

瑞希は首をすくめた。

「運転を止めさせたいから協力してくれと頼まれたのよ。だから、私の希望もちらっとね。お義姉さん、『あら、いいじゃない』って言ってた」

「口先だけだよ。姉たちもあの土地を狙ってるんだから」

瑞希は目を丸くした。次の瞬間、背中を丸めて咳《せ》き込み始めた。飲んでいたビールが気道に入ってしまったようだ。ようやく咳《せき》が収まると、顔を上げ、かすれた声で尋ねた。

「それ、ホント？」

「ショッピングセンターを誘致したいんだとさ」

義兄は会社で大規模小売店舗を遊休地に誘致する部署に長くいた。そのときに作った人脈を利用し、土地を有効活用する算段をしているらしい。

「そんな話、あなたからも一言も聞いてない」

「する必要がないと思ったんだ」

父は大反対である。農地を義兄に乗っ取られるようでとんでもないといっている。哲也自身も気が進まない。農地に関しては遺言状で哲也が相続することになっており、姉夫婦が口を挟む余地は本来ないのだ。

瑞希は納得したようにうなずいたが、すぐに唇を尖らせた。

「お義姉さん、腹立つなあ」

「放っておけよ。それはともかく、緑内障のことは気になるな」

「検査、受けてもらったほうがよさそうね」

瑞希は空になったビールの缶を両手で勢いよくひねりつぶした。

テニスで鍛えた握力は伊達《だて》じゃないと思いながら、哲也は缶の底に残ったビールを飲み干した。

3

久しぶりに顔を合わせた社長の溝口《みぞぐち》は、雰囲気が変わっていた。還暦過ぎにしては黒かった髪の毛がずいぶん白くなっている。九十歳近い母親の介護で大変らしい。昔から嫁姑《しゅうとめ》の仲が悪く、一人暮らしの母親が倒れて介護が必要になっても、妻が手伝うことはほとんどないという。

哲也が渡した資料に視線を走らせると、溝口は気のない様子で言った。

「ハンドソープの生産ラインの増強ねえ。確かに需要は伸びてきているけど……」

ハンドソープは会社の主力製品の一つである。ブランド力がなかったため、シェアは今ひとつだったが、人気ブロガーが品質の良さをブログに書いてくれてから、販売量が伸びていた。ここで一気に攻勢をかけるべきだというのが、経営企画室長としての哲也の意見である。

「ブロガーとのタイアップも視野に入れて戦略を練りたいと思っています」と哲也は言ったが、溝口はあまり乗ってこない。

「うーん、どうだろう。まあ、考えておくよ」

溝口は心身ともに疲れ果てている様子だった。哲也は溝口に聞こえないようにため息をついた。どこの家も大変なんだ。

哲也のポケットの中でスマホが振動を始めた。話は終わったというようにうなずいて窓の外をうつろに見つめる溝口に軽く頭を下げ、資料を抱えて廊下に出た。ポケットからスマホを引っ張り出す。画面を確認すると瑞希からだった。不安そうな声だ。

「仕事中にごめん」

「何かあったのか？」

「お義父さんが今度は接触事故を起こしたらしいのよ」

　昨日の夕方、なじみの酒販店の駐車場で父の軽トラが自転車に乗った男子高校生と接触したという。哲也はまたため息をついた。高校生は膝を擦りむいた程度だったので、病院に行かなくてもいいと言ったというが、後で何かあったら困るので、店長が警察を呼んだ。父はその場で相手に謝罪し、免許証のコピーと連絡先を渡したそうだ。治療費が必要な場合、後日持参することになっているという。瑞希は、ついさっきその酒販店の店長から顛末《てんまつ》を聞いたそうだ。

「お義父さんから何か聞いてる？」

「いや、何も」

　哲也の腹の中は煮えくり返っていた。

　昨日の昼過ぎ、姉が実家に姿を見せ、父に緑内障の検査を強く勧めたそうだ。父は、ろくに話を聞こうともせず、姉を追い返したという。その直後に、事故を起こしたのだ。きまりが悪くて、黙っていたのだろう。しかし、今度という今度はもう無理だ。

　哲也はこれまで父に同情する気持ちがあった。やいのやいのと騒ぎ立て、運転を無理やり止めさせようとする姉を疎ましく感じてもいた。しかし、結果的に、姉のほうが正しかったのかもしれない。

「今夜は早めに帰る。親父と話すよ」

瑞希はほっとした声で「分かった」と言うと電話を切った。

「聞く耳を持たないってどういうこと？」

瑞希が苛立ったようにソファの座面を叩く。彼女の隣に座っている真奈が怯《おび》えたような目で瑞希を見上げたが、お構いなしで声を荒らげる。

「このままでは、いつか大きな事故を起こすわよ」

哲也は冷蔵庫からミネラルウォーターのボトルを出して飲んだ。いつもと同じ銘柄なのに鉄臭く感じた。口の中を切ったのかもしれない。

さっきまで姉と二人がかりで父の説得を試みていた。父は年寄り扱いするなと怒鳴り散らした。うんざりして怒鳴り返したところ、父は座卓をひっくり返した。そんなことをしたのは、哲也が幼稚園のとき以来だった。呆然《ぼうぜん》としながら、顔に当たった醤油さしを拾い、畳に広がったシミを拭いた。そして、さめざめと泣き始めた姉をなだめて実家から引き揚げたのだった。

顚末を説明すると、瑞希は全身でため息をついた。

「で、どうするの？」

「知らないよ」

真奈がすっと席をはずした。哲也もその場を離れることにした。瑞希と言い争いをしても意味なんかないのだ。

洗面所で顔を洗い、深呼吸をしていると、廊下を挟んだ子ども部屋から真奈の声が聞こえてきた。電話をしているようだ。盗み聞きをするつもりはなかったのだが、「おじいちゃんが」という声が聞こえ、つい聞き耳をたてた。

「お父さんたち困ってる。ねえ、お兄ちゃん、帰ってきてよ」

哲也は息をのんだ。真奈は長男の翔太と話しているのだ。

翔太は昨年の春、就職活動の真っ最中に大学を中退し、行き先も告げずに家を出てしまった。しばらくして都内の自動車整備工場で働いているとメッセージが来た。それ以来、たまに生存報告のようなメッセージを送ってくるが、哲也や瑞希から電話をかけてもつながらず、メッセージを送っても返信はない。一年以上顔を合わせてもいない。しばらく放っておくほかないと諦めていたのだが、真奈は兄と連絡が取れる状況にあったというのか……。

電話は続いていた。

「うん、うん……。そうだね。分かる。……そういえば、友だちのお父さんがね」

ドア一枚を隔てたところに翔太がいるような気がしてきた。哲也はたまらなくなり、子ども部屋のドアを開けた。

ベッドに寝そべって電話をしていた真奈が、はじかれたように飛び起きた。目を大きく見開いている様子は、着ているカットソーの胸元にプリントされたウサギにそっくりだ。

「替わってくれ」

真奈の手からスマホをひったくる。

「翔太か？　おい、翔太なんだな？」

呼びかけても返事はなかった。翔太は電話を切ってしまったようだ。リダイアルボタンを押してみたが、つながらなかった。翔太の名を聞きつけたのか、瑞希が部屋の入り口に立っていた。瑞希の顔は蒼白《そうはく》だ。

「お兄ちゃんと話してたの？　連絡を取ってるなら、言ってくれなきゃ困るじゃない。なんていう工場に勤めてるか分かる？　住所は？」

「放っておいてあげなよ」

「そういうわけにはいかないわよ。私たちがどんなに心配してるか、真奈だって知ってるでしょう」

真奈は肩をすくめると、反抗的な目で哲也を見上げた。

「お兄ちゃんにはお兄ちゃんの考えがあるんでしょ」

「そんなものあるものか。就職活動がちょっとうまくいかないからって、勝手に大学を辞めたりして」

真奈は壁に身体をもたせかけると、大人びたため息をついた。

「それより、今はおじいちゃんをどうするかでしょ」

「まあ、それは……」

「お兄ちゃんが言うにはね、そこまでこじれているなら、第三者に間に入ってもらったらどうかって」

「翔太が？」

「第三者って？」

哲也と瑞希は同時に尋ねた。真奈は二人の質問には答えずに続けた。

「おじいちゃんにとって、運転免許は自分は現役だ、一人前だっていう証明書のようなものなんだよ」

整備工場に車を引き取りに来た年配の客が翔太にそんな話をしていたという。

「もちろん、不便になるから嫌だっていうのもあると思うけど、それよりもプライドの問題だろうって。家族にギャーギャー言われるのは嫌なんじゃないかな」

生意気を言うな、と言いかけて口をつぐんだ。真奈の言うことにも一理あると気付いたのだ。親にとって子どもはいつまでも子どもである。子どもに意見されたりプライドをへし折られたりするのは我慢ならないのかもしれない。

瑞希が思案するように頬を撫でた。

「第三者と言ってもねえ……」

真奈がベッドの上に座りなおした。

「そこが問題だよね。それで思い出したんだけどさ、家族に代わって困った患者を説得してくれる奇特な先生が青島総合病院の総合内科にいるらしいよ」

総合内科という名はついているものの、他の医療機関のそれのように内科全般の診療を行うのではなく、医療相談に特化しているそうだ。友だちの父親が、そこの医師に大変世話になったそうだ。

「見た目は変わっているけど、信頼できる人なんだって。その人に相談してみたら？」

早速スマホで検索してみたが、青島総合病院に総合内科という科は存在しないようだった。

「変だね。友だちに聞いてみる」

真奈はそう言うと、目にも止まらない速さで、スマホを操作し始めた。

4

真奈の友だちによると、総合内科は雑木林の奥、砂利道をまっすぐ行った先にあり、医師の名は青島倫太郎《あおしまりんたろう》というそうだ。砂利道を踏みしめながら瑞希と歩いた。空が青かった。風で樹々《きぎ》がざわめく。瑞希は「保養地にでも来たような気分」と言い、歩きながら両手を広げ、気持ちよさそうに深呼吸をしていたが、哲也は嫌な予感を覚えていた。この道は、父が入院した日に姉と二人で歩いた道である。まさかとは思うが、あの奇妙な服を着た男が、総合内科の青島医師ではないだろうか。

先日と同じように、ふいに目の前が開け、木造の平屋が見えた。瑞希が、困惑するように眉を寄せる。

「あそこかしら？　総合内科って看板が出てる。でも、変ね。なんか美味しそうな匂いがしてくるわ」

言われてみれば、甘い香りが漂っている。

建物に近づくに従って、香りは強くなっていく。嫌な予感も、一層強くなった。あのおかしな男が青島医師だとしたら、父の説得を頼むのは考えものである。昭和の人間を自認している父は、外見で人を判断しがちなところがある。膝丈パンツを穿《は》いている医師など、ハナから信用しないだろう。

哲也は立ち止まり、瑞希に声をかけた。

「ちょっと待ってくれ」

手早く事情を説明し、「引き返そう」と提案すると、瑞希は眉を寄せた。

「会うだけ会ってみましょうよ。わざわざ休みを取って来たんだから」

「しかしなあ……」

「翔太と真奈が、せっかくアドバイスをくれたわけだし」

それはその通りである。迷っていると、話し声を聞きつけたのか、中からドアが開いた。オレンジ色の服を着た小柄な女性が顔を出す。あの男から「ミカちゃん」と呼ばれていた人だ。

遠くからでは分からなかったが、着ている服は色はともかくナース服のような形をしている。ミカは小動物のような丸い目をぱちくりとさせた。

「あれ？　もしかしてこの間の？」

哲也は、覚悟を決めて頭を下げる。

「青島先生に、医療相談をお願いしたいんですが」

「ちょうどよかった。パンケーキがたっぷりあるのでよかったらどうぞ」

話がかみ合っていない気がしたが、ミカは白い歯を見せて笑うと、建物の中に声をかけた。

五分ほど待たされた後、待合室の奥にある診察室に通された。折り畳み式の簡易テーブルが広げられ、その上に四人分の皿が載っていた。テーブルの周りには、診察用のデスクから持ってきたとみられるひじ掛け付きの椅子、患者用の丸椅子、そして真新しいパイプ椅子が二脚広げられていた。皿には、ふっくらしたパンケーキが、数種類のベリーとともに盛り付けられている。

青島は、端整な顔に笑みを浮かべて言った。

「まずはご賞味ください。我ながらうまく焼けました。フルーツはラズベリーとブルーベリー、それにグーズベリーです。スグリの一種で、甘酢っぱさが最高なんです。お口に合うといいのですが」

青島は今日も膝丈のパンツを穿いていた。白衣はアイロンがかかっており、ネクタイもピシッと締めている。履いている革の紐靴《ひもぐつ》は、上質な輝きを放っている。本人としては、きちんとした格好をしているつもりなのだろうが、どこか違和感があった。

瑞希は見るからに不機嫌そうだった。さっきはああ言っていたが、さすがに驚いたのだろう。

そうはいっても、二人とも休みを取ってやってきたのだ。子どもたちの心遣いに応えるためにも、手ぶらでは帰りたくない。

青島は二人に座るように言った。

「食べながら話を伺いましょう。自由診療ですが初診料は安いので、時間は気にしなくていいですよ」

パンケーキは、ふわっとしていた。舌に載せた瞬間にとろけ、心地のいい感触と上品な甘さが舌に残る。甘いものが苦手な哲也も美味しいと感じた。スイーツ好きの瑞希は、さっきまでの不機嫌さが嘘《うそ》のように夢中でフォークを動かしている。

食べながら青島が質問をしてきた。それに応えているうちに、父の現在の状況はだいたい伝わったようだ。青島はフォークを置くと、三本の指でティーカップの取っ手を持った。

「なるほど。お義姉さんが言うように、緑内障かもしれませんね。ゆっくり進行するし、両目が同時に悪くなるケースはまれなので、かなり症状が進むまで気づかない人も多いんですよ」

トラクターや自転車に乗った高校生が、視野の欠けた部分に入ってしまい、見えなかったのかもしれないと青島は言った。

見えにくかったのではなく、見えなかったと言われて、腑《ふ》に落ちた。

自転車はともかく、停めてあるトラクターにうっかりぶつかることとなんてあるのだろうか、と内心疑問に思っていたのだ。瑞希もうなずいている。

「ただ、検査してみないと実際のところは分かりません。ウチの眼科を受診してもらえるといいんですが」

「それが、先ほども言ったように、大の病院嫌いで……」

ブルーベリーをフォークで刺そうとしていたミカが、呆れたようにつぶやいた。

「首に縄をつけてでも引っ張ってくるのが、家族の役目じゃないですか？　あと、そもそも緑内障だとしても、なんかズレてると思います」

青島が、「まあまあ」と言ってミカを制した。哲也に向き直ると尋ねる。

「お住まいは、市内でしたよね」

「ええ」

「往診しましょう。眼科は専門外ですが、簡易チェックぐらいならできます。往診料は別途いただきますが」

この際仕方がない。今も父は軽トラを駆っているかもしれないのだ。

「お願いします」

頭を下げると青島は立ち上がった。白衣を脱ぎ、ハンガーにかける。替わりに襟付きの上着を羽織った。まさかと思ったが、青島は言った。

「早速行きましょう。ミカちゃんも一緒に頼む。ノートPCを持ってきて」

ミカは、やれやれとでもいうように丸い頬を撫でると、こくりとうなずいた。

到着したとき、父は自宅にいなかった。瑞希に二人を茶の間に案内してもらい、哲也は畑まで父を呼びに行った。畑までは、歩いてすぐの距離である。

父はマルチと呼ばれる穴あきビニールシートを敷く作業をしていた。今日は日差しがきつかったせいか、ベースボールキャップをかぶっているのにもかかわらず、顔が真っ赤である。

「お客さんが待っている。すぐに戻ってくれ」と言うと、いぶかしがっていたが、なんとかごまかして連れて帰った。

父と二人で茶の間に入ると、入れ替わるように瑞希が出て行った。

それにしても、奇妙な光景である。青島の上半身はパリッとした紳士風なのに、下半身は膝丈パンツである。胡坐を組んだふくらはぎが、やけに生々しいかんじがする。隣にちょこんと正座しているミカはまるで子どものようだ。

「こちら、青島先生と看護師さんだ」

父は首にかけた手ぬぐいを両手で引くようにして、あんぐりと口を開けた。どっかりと畳に腰を下ろしながら、代わる代わる二人を見た。

「あんた、医者なのか？　そしてそっちは看護師？」

青島は爽やかに笑うと胡坐から正座に直った。

「内科医の青島です」

父は、腕組みをすると顔をしかめた。

「その短パンはなんだ。それに、看護師の制服は白と決まっているんじゃないのか？」

ミカが明るく言った。

「仕事のときには、好きな服を着てテンションを上げたほうがいいんです。平蔵さんのその帽子と同じですよ。ジャイアンツのファンなんですね」

父は、「ほっとけ」とつぶやくと、青島に用件を尋ねた。

「単刀直入に言いましょう。息子さんたちは、平蔵さんの目の具合を心配しています。今、ここで緑内障の簡易検査を受けてください」

ミカがノートPCの画面を父のほうに向ける。

「このサイトでチェックができるんです。やってみましょう」

父は舌打ちをすると哲也を見た。

「なんなんだ、これは」

「だから、緑内障のテストだよ」

「そんなものは必要ない。目はきちんと見えているんだ」

「だけど……」

父は哲也に向かって節くれだった手を振ると、青島に向き直った。

「せっかく来てもらって悪いんだけど帰ってくれよ。視力で不自由はしていないんだ」

「今、不自由はしていないかもしれません。でも、検査を受けておいて損はないと思います」

父は手ぬぐいで額をぐいとこすると、青島をにらんだ。

「そんなことがあるものか。ほんのちょっとでも異常があったら、それを口実に俺から免許を取り上げるつもりなんだ。でも、俺の目はちゃんと見えてる。だから運転は続ける。軽トラが動かせなきゃ、農家は続けられないんだよ」

ミカがPCの画面を閉じた。

「そうは言っても、事故を二度も起こしたとか」

咎めるような口調で小娘に言われ、腹が立ったのだろう。父が苛立ち始めているのが手に取るように分かった。

第三者に話をしてもらうのはいいアイデアだと思ったのだが、たいして効果はなかったようだ。と言うより、人選を間違ったのかもしれない。父の顔には、「こいつら、気に食わない」と書いてある。

それに気づいていないのか、青島は柔らかな笑みを崩さずに続けた。

「お子さんたちのためにも、ぜひ検査を受けてください」

父は、自分の両膝を平手でバシッと叩いた。

「いい加減にしてくれ」

低い声だった。凄《すご》みすら感じる。父は青島をにらむようにして続けた。

自分が有機農業を本格的に始めたのは、妻を亡くしてからだ。有機農業など興味なかったが、妻がやりたがっていた。自分ももう年である。残りの人生、妻の遺志を引き継いで生きようと思ったとまくしたてる。

「やっとコツが分かってきたんだ。今、止めたらこれまでの努力が無になってしまう。子どもらに心配をかけてすまないとは思うけど、目に異常なんか感じていないんだ」

青島は首を横に振った。

「そういう意味で、お子さんたちのため、と言ったわけではないんです。あなたが検査を受けて緑内障だと判明したら、お子さんたちにはメリットがあります。なぜなら、緑内障の発症には、遺伝的な要因が関係するからです」

青島が何を言いたいのか分からなかった。遺伝する病気なら、メリットではなく、デメリットではないだろうか。父も首を傾げている。

「よく分からん。俺が緑内障だったら、娘や息子にも遺伝するということか?」

「必ずしもそうではありません。緑内障の発症には、遺伝以外の要素も関係していますから。ただ、血縁者に患者がいる場合、本人も発症する確率が高いんです」

がんになりやすい体質みたいなものなのだろうか。父もそう理解したのかうなずいている。

それを確認すると、青島は説明を続けた。

緑内障は、徐々に進行するので、自覚症状が現れにくい。本人が気づいたときには、かなり進んでしまっている。そして、いったん失われた視野は、元に戻ることはない。

一方で、極めて早期の段階で発見し、治療を始めたら、自覚症状がないほど軽微な状態を生涯にわたってキープできる可能性がある。

「今はいい薬が出ています。いつ治療を始めるかが、きわめて重要なんです。お子さんは二人とも四十歳を超えていますよね。平蔵さんが緑内障なら、お子さんたちも今後、定期的に検査を受けたほうがいいでしょう」

青島は熱っぽく続けた。

遺伝的な要因がある病気は、かつてはネガティブなものとして語られていた。でも、必ずしもそうとは言えない、自分はリスクが高いと知っていれば、病気を迎え撃てる。発症を遅らせたり予防ができたりする可能性があるのだ。

父はしばらくの間、目を閉じていた。テーブルに肘をつき、掌《てのひら》に顎を載せ、小柄な身体を縮めるようにしている。やがて目を開けると、大きくうなずいた。

「分かったよ。その検査とやらを受けてやる。子どもらを守るのは親の務めだからな」

舌を巻く思いで、青島に頭を下げた。まさか、父を説得してしまうとは……。

結果がどう出るかは分からない。でも、これで大きく一歩前進だ。

ミカはノートPCの用意を始めながらも言った。

「ただ、やっぱり何かズレてると思うんですよね。運転を止めることと、農家を止めることって、イコールではないですよね」


父は中程度の緑内障だと診断された。緑内障だからといって、運転を即座に止めなければならないわけではないのだが、これまでの経緯もあり、眼科医は父に運転を諦めるよう、強く勧めた。父も今度は抵抗しなかった。免許を即刻返納したうえで、夏野菜の収穫がだいたい終わる八月末を以《もっ》て、畑を縮小すると言った。それまでの間は、どうしても車が必要な場合、アルバイト料を払って知り合いに運転手役を頼むという。

父はかなり気落ちした様子だった。しばらくの間、毎日のように自宅で晩酌をしていた。身体が一回りしぼんでしまったようでもあった。かわいそうではあったが、やむを得ないと思った。そして、心から安堵《あんど》した。もう父が事故を起こすかもと心配をしなくてもいいのだ。

父の検査結果を受けて、姉と哲也も検査を受けた。哲也は異常なしだったが、姉はごく初期の緑内障だと診断された。姉は、早速治療を開始した。哲也も今後、定期的に検査を受けるつもりだ。

そんなある日、父から電話がかかってきた。おかしな男が畑にやってきたという。土地を測量させてほしいとか、権利書を見せてほしいと言っているらしい。

それを聞いてピンときた。数日前、瑞希がテニススクールに土地を売る計画を蒸し返していた。父の気持ちが落ち着いてからにしてくれと言っておいたのに、しびれを切らしたらしい。あるいは、瑞希の意向とは関係なく、オーナーが勝手に動いているのか。いずれにしても、放ってはおけない。

　慌てて駆け付けると、スーツ姿の長身の男と父が畑の入り口で押し問答をしていた。奥のほうで、麦わら帽を目深にかぶった男が、ナスの収穫をしている。運転アルバイトの知人なのだろう。

　父は、うんざりしたように男に言った。

「何度も言ってるじゃないか。畑は売らないよ」

「しかし……。実は小耳に挟んだのですが、畑を縮小されるんですよね？　余った土地を遊ばせておくのは、もったいないと思うんですよ」

　長身をかがめ、揉《も》み手をしながら言う。父は、うるさそうに手を振ると、ふいに真顔になった。

「その話、誰から聞いたんだ」

「それは……」

　瑞希の名前が出たらまずいので、慌てて割って入った。

「帰ってください。父が嫌がっているじゃないですか」

父は「黙っていろ」と言うように、哲也の背中を小突くと、男に向かって言った。

「誰が言ったのか知らないが、畑を縮小する話はなくなった。だから、今後も土地を遊ばせるようなことはないんだ。分かったら、帰ってくれ」

哲也は耳を疑った。

「お父さん！　畑を縮小して、運転も止めるって言ったじゃないか」

父はいたずらっぽく笑った。そして、畑の奥にいる男に向かって声をかけた。

「おーい」

麦わら帽の男が顔を上げる。哲也は目を疑った。息子の翔太だ。なぜ、翔太がここにいるのだ。

翔太は、ゆったりとした足取りでやってくると、はにかんだように笑った。しばらく見ないうちに、ずいぶん身体ががっちりしたようだ。整備士として充実した生活を送っているのか、目が生き生きとしていた。

「お前、どうしたんだ」

「じいちゃんに、休みの日に運転手役をしてくれって頼まれたんだ」

父はクックッと喉の奥で笑った。

「あのオレンジの服を着た看護師さんに、こっそり言われたんだ。後継者がいたら、問題がすべて解決しませんか、って。なるほどなと思って、配達に回っている間中、助手席から有機農業の素晴らしさを吹き込んでやったわけよ。そうしたら、こいつ、農家を継いでもいいって言うんだ」

「農家を継ぐ？」

思わず大きな声が出た。

長身の男は目を丸くすると、会釈をしてそそくさと踵を返した。

翔太は視線をいったん落としたが、すぐに顔を上げた。頰に緊張をにじませ、小さく息を吐くと言った。

「大学を勝手に中退してごめん。でも、あのままだと、行きたくもない会社に勤めることになりそうで怖かったんだ。どうしてもレールから降りたかった」

子どもじみた言い訳に腹が立ったが、ここで怒鳴ったらまた翔太はぷいと出て行ってしまうかもしれない。怒りを抑え、哲也は尋ねた。

「それにしても農家なんて……。お父さんの前で申し訳ないけど、先行きが明るいとは言えない商売だぞ」

翔太はきっぱり首を横に振った。

「やり方次第だ。昔からそう思っていたのに、お父さんもお母さんも、今どき農業なんてダメだって決めつけた。反論できなかった僕も悪いんだけど……」

有機栽培や自然栽培で付加価値の高い野菜を作り、食の安全に関心が高い消費者や飲食店に直販する。そんな新しい形の都市農業を手掛けてみたいと翔太は言った。麦わら帽を取ると頭を下げる。

「お願いします。じいちゃんと農業をやらせてください」

父が翔太の肩を抱く。翔太がくすぐったそうに笑う。

「俺がいいって言ってるんだから、いいに決まってるじゃないか。これから十年かけて一人前に仕込んでやる」

哲也はため息をついた。こんなに晴れやかな笑顔を二人に見せられては、ダメだなんて言えやしない。

「まあ、頑張れよ」

哲也の言葉に、奇跡の八十歳と家出息子はハイタッチをした。

サプリ教信者

1

綿貫志保理《わたぬきしほり》が、「和菓子わたぬき」のカウンターに立ったのは、実に二十年ぶりだった。高校三年の夏までの二年半、実家が経営するこの店でアルバイトをしていた。そのとき以来である。

現在、志保理は国語の教師として都内の高校で教鞭《きょうべん》をとっている。勤務先はいわゆる「お嬢様学校」で、生徒や保護者はよく言えば品がよく、悪く言えばお高くとまっている。郊外の商店街にあるちっぽけな和菓子店で、割烹着《かっぽうぎ》に三角巾をつけて、みたらし団子を包んでいるところを目撃されたら、何を言われるか分からない。

そんな事情もあって、普段店番をしている実妹の寿美礼《すみれ》から代打を頼み込まれたとき、憂鬱で仕方なかったのだが、いざ店に立ってみると、懐かしさを覚えた。店の様子が当時とほとんど変わらないからだろう。

二〇一四年の消費税増税の際に、レジ周りを刷新したそうだが、それ以外は何もかも同じだ。店先にかかっている暖簾《のれん》は、緑地に白抜き。包み紙も同様である。串団子やおはぎといった商品ラインナップはもちろん、ショーケースに並べてある位置も当時と一緒である。

昭和四十年代から続く店である。しかも、来年春に店を畳むのが決まっている。だから今さらリニューアルでもないのだが、店の右奥にあるテーブル二つだけのイートインコーナーの四角いスツールだけは気になった。座面に貼ってあるビニールが擦り切れており、みすぼらしい印象だ。座布団ぐらい載せたほうがいいのではないか。

それでも、常連客にとっては居心地がいい場所のようだ。今も、四十代半ばに見える男性と幼い顔立ちの女性が手前のテーブルに陣取っている。この店で一番人気の塩大福をとっくに食べ終えているのに、顔を寄せ合い、何やら話し込んでいる。

カウンターで客の相手をしながら、二人の様子が気になっていた。男性は爽やかな雰囲気のイケメンだが、半袖のチェックのシャツにハーフパンツという個性的ないでたちである。女性は男性より二回りぐらい若そうだ。派手なメイクをしているものの高校生かもしれない。

親子には見えなかった。顔の造作が違いすぎる。カップルにしては、年が離れすぎている。ひょっとすると、パパ活だろうか。若い女性が男性と食事やお茶をして、見返りにお金をもらう行為で、学生を含めた若い女性の間で流行《はや》っているとか。

志保理の勤務先でも問題になっていた。先日、生徒の一人が制服姿でパパ活をしているのを目撃したという情報が学校に寄せられ、教頭が頭から湯気を出していた。受け持ちの生徒たちに、聞き取り調査をしろと言われてしたのだが、実際にどんな行為なのかピンと来ていなかったせいもあり、成果はゼロだった。

そういうわけで、聞き耳を立ててみたのだが、すぐに自分の勘違いだと分かった。

「給料、上げてくださいよ。同じキャリアの本院のナースと三万円も差があるなんて不公平ですって。先生には感謝してますよ。総合内科の仕事は楽しいし、地獄みたいなセクハラからも解放されたけど、今のままでは生活できません」

「そう言われてもなあ。うちは独立採算でやってる。本院と比べられても困るんだよ、ミカちゃん。ただ、患者は少しずつだけど増えてる。我々の取り組みは、間違ってはいないんだ。あと少し辛抱してもらったら、そのうちガッポ、ガッポと……」

「そんな夢みたいな話、信じられないな」

どうやら、二人は上司と部下の関係のようだ。それにしては女性の言葉遣いがラフではあるが。

ミカと呼ばれた女が、肩を落としてため息をつく。

「理事長は、総合内科の設置にまだ反対なんですか？」

「我が弟ながら、とんだ分からず屋だ。まあしかし、経営手腕は優れているんだろう。ほかの理事たちは、弟の言いなりだ」

視線を感じたのか、男が志保理を見た。慌てて目を背けたが、遅かったようだ。男は明るい声で「塩大福、お代わり下さい」と言った。

客が途切れたところで、二階から母の絹江《きぬえ》が降りてきた。店の二階は、自宅になっている。玄関は店とは別にもあるのだが、わざわざこちらに回ってきたのは、志保理に気を使ってのことだろう。

母は人と会う約束でもあるようで、滅多に見ないスカート姿だ。胸元には真珠のネックレスが光っている。手には、よそ行きに使っている革製のトートバッグを持っていた。シニヨンの形を整えながら母は言った。

「店番なんて断ればよかったのに。いつまでたっても長女気質が抜けないんだから」

「寿美礼は急にステージに呼ばれたんだって。チャンスだからお願いって言われたら、断れないよ」

五歳年下の妹は、セミプロのジャズシンガーである。店から自転車で十分ほどのところにあるアパートで、売れないドラマーの彼氏と同棲《どうせい》している。

「ステージといっても、どうせショッピングモールのイベントか、老人ホームの慰問でしょ」

日曜昼間のステージなんて、そんなものだと母は言った。

「いい加減まともな仕事についてほしいわ。寿美礼だけならともかく、ヒモ男に脛《すね》をかじられるのはたまらない」

しっかり者の母は気が強い。毒舌でもある。悪気があるというより、馬鹿正直なのだと思う。それにしても、うんざりさせられることがしょっちゅうあった。

志保理の気も知らず、母は言った。

「たまには、夕食を食べていきなさい。寿美礼も誘うから。あんたからも、寿美礼に一言言ってやってほしいの」

寿美礼のステージは午後四時までのはずだ。自分も五時には戻ると母は言った。

「すき焼きにしましょう」

明朝、顧問をしている卓球部の朝練に付き合わねばならない。店番が終わったらさっさと帰りたかった。それに、暑さの残る九月にすき焼きはどうかとも思う。

しかし、母は一度言い出したら聞かない性質《たち》だ。娘の助言に耳を傾けるような人でもない。

「笠野《かさの》さんにも声をかけて。買い物は私がしてくるから」と言い残すと、浮き浮きした様子で出かけて行った。

入れ替わるように、店の奥の作業場から笠野が姿を現した。胡麻塩《ごましお》の角刈り頭に手ぬぐいをキリリと巻いている。笠野は祖父の弟子としてこの店で働いていた。一時期店を離れたものの、祖父の要請で戻ってきた。現在は店でたった一人の和菓子職人だ。

とはいえ、もう七十である。来年の春に店を辞め、九十三歳の母が暮らしている山形の実家に帰ることになっている。それもあって、母は閉店を決断した。

笠野はおはぎを載せたトレーを持っていた。こしあん、つぶあんにきな粉の三種類である。

「ちょっとそこ、通してもらえますか？　私がやっちゃいましょう」

ショーケースのガラス扉を開け、おはぎをトングで並べ始めた笠野に話しかける。

「今夜空いてます？　すき焼きにするので、よかったら笠野さんも一緒にって母が」

「いや、せっかくですから親子三人水入らずでどうぞ」

「むしろ、笠野さんにいてほしいんです。母は、寿美礼に小言を言う気満々だから」

笠野が同席していれば、母も、多少は毒舌を控えてくれるはずだと言うと、笠野は笑った。

「そういうことなら、お言葉に甘えてご馳走《ちそう》になりますか」

快活に言うと、作業場に戻っていった。

母は夕方の五時過ぎにスーパーのレジ袋を提げて帰宅した。閉店時間は六時である。店番を母と交代し、志保理は二階の台所ですき焼きの準備に取り掛かった。焼き豆腐ではなく木綿豆腐、長ネギの代わりに玉ネギと白菜を入れるのが、亡くなった関西生まれの祖父の時代からの習慣である。今日もその三点セットがレジ袋に入っていた。

この時期によく白菜が手に入ったものだと思いながら値札を見て驚いた。四分の一カットで二百三十円もする。それでも、白菜をはずそうとしないのが、いかにも母らしい。

具材を切って大皿に並べ終えると、物置から踏み台を持ってきた。棚の上のほうから卓上コンロとすき焼き鍋を引っ張り出していると、寿美礼が台所に顔を出した。髪の毛を盛りに盛っている。深い赤の口紅が毒々しい印象だ。

「今夜は、すき焼きだって?」

「うん。笠野さんも一緒。それより、ステージはうまくいったの?」

「まあね」

寿美礼はダイニングテーブルの席に着くと、煙草《タバコ》を取り出した。

「煙草はやめて。苦手なのよ」

「換気扇が回ってるから、大丈夫だよ」

寿美礼は使い捨てライターで煙草の先に火をつけた。

「せめて食事中はやめてよね。っていうか、禁煙したら?」

寿美礼は「ハイ、ハイ」と言いながら、テーブルに載っていた半透明のプラスチックの瓶を手に取った。ラベルを見て首を傾《かし》げる。

「これ、なんのサプリだろう。ほとんど空っぽだけど」

瓶を振りながら言う。

卓上コンロをテーブルに載せると、寿美礼から瓶を受け取った。ラベルに表記された文字は日本語どころかアルファベットですらない。

誰かの海外土産だろうか。だとしたら、安易に口にするのは考えものである。勤務先の同僚が、中国で買った怪しげな胃腸薬を飲み、逆におなかを壊していた。

寿美礼は瓶を再び手に取ると言った。

「いかにも効きそうな雰囲気だね。こういうのって、結構お高いのよね。分けてほしいな」

「寿美礼って、もしかして騙《だま》されやすい性質？」

「えー、そんなことないよ。サプリは意外と効くんだから」

引き戸が開き、母が入ってきた。仕事用の割烹着と三角巾をつけたままである。寿美礼が母の顔を見るなり言った。

「お母さん、肌がきれいになったみたい。もしかして、このサプリのおかげ？　だったら、ちょっと分けてよ」

母は大皿に盛ったすき焼きの具材をチェックしながら言った。

「寿美礼には必要ないでしょ。膝の関節痛用だから」

「ああ、軟骨がどーたらってやつね。そっち系のサプリにも、若返り成分が入ってるって聞いたことがある。やっぱり分けて」

母が首を横に振った。

「欲しければ働いて自分で買いなさい。もしくは、まともな収入がある男性を見つけて結婚すること」

「ひどいな、もう」

寿美礼が頰を膨らませるのを横目で見ながら、志保理は母に尋ねた。

「お母さん、膝が痛いの？　だったら、病院で診てもらったら？」

「大丈夫。このサプリを飲むようになってから、ずいぶんよくなったから」

「ふうん。ちなみに、いくら？」

母は笑って答えようとしなかった。

「寿美礼、そろそろお皿を出して。笠野さんが上がってくる頃合いだから」

冷蔵庫を開けながら言う。

志保理はポケットからスマホを取り出した。母が背中を向けている隙に、例の瓶のラベルをカメラで撮影しておこうと思ったのだ。画像検索で、ある程度のことは分かりそうな気がする。意味不明な文字の解読は、外資系商社に勤める高校時代の同級生に協力してもらおう。

寿美礼が「よくやるよ」と言いたそうな目で見ていた。彼女の視線を無視すると、志保理は撮影ボタンを押した。

2

画像検索の結果、母が使用していたサプリは、西アジアにある国で製造販売しているものと判明した。日本に正規の代理店、販売店は存在しないが、個人輸入業者が取り扱っているようで、商品を紹介するブログ記事がいくつか見つかった。

それを読んで、仰天した。一瓶四万円もするという。それで半月分だそうだ。一か月で八万円、一年でおよそ百万円という計算になる。値段なりの効果があるという口コミも見つけたが、いくらなんでも高すぎる。

ラベルの中身は同級生が翻訳ソフトも駆使して解読してくれた。有効成分は、深海魚から抽出したたんぱく質らしい。

職場で休み時間に母のサプリについて化学教師に相談したところ、「お金を溝《どぶ》に捨ててるようなもの」と切り捨てられた。生物教師も「胃で消化されるだけでしょ」と言っていた。

二人は、口をそろえて医療機関の受診を勧めた。母の膝が痛いのは事実だろうから、一度整形外科で診てもらったほうがいいという。

早速、母に電話をかけた。下手に刺激をしたくなかったので、サプリの件には触れず、医療機関の受診を再度勧めてみた。

母は耳を貸そうとしなかった。サプリを飲んで、症状が治まったのだから、病院に行く必要などないというのだ。医師が処方する薬は、サプリと違って副作用があるから、怖いとも言っていた。しかし、年寄りをターゲットにした詐欺まがいの商品かもしれないのだ。見て見ぬふりもできない。

半ば根負けさせるような格好で、母を実家の近くにある青島《あおしま》総合病院へ連れて行ったのは、すき焼きの日からおよそ二週間後。十月上旬の土曜の午後だった。

整形外科の若い男性医師は、簡単な問診の後、エックス線写真を撮影した。志保理は母と並んで座り、説明を受けた。

「変形性膝関節症《へんけいせいしつかんせつしょう》ですね」

膝の関節にある軟骨が徐々にすり減って骨が露出して、骨に棘《とげ》状のものができたり、骨が変形する病気だそうだ。

「ほら、ここを見てください。関節の隙間が狭まっているでしょう」

母は老眼鏡をかけて、医師がポインターで指している部分を見ている。

「初期の段階ですし、痛みもひどくはないということなので、炎症や痛みを抑える薬を使いながら、運動療法を行っていきましょう」

医師が「いいですね」と確認を取るようにのぞき込む。母は生真面目《きまじめ》な表情で首を横に振った。

「薬なんて、いりません。サプリで痛みは治まっているんですから。それに私、お店をやっているんです。運動する時間なんてとてもないわ」

志保理はたまらず口を挟んだ。

「お母さん！」

母は首を回して志保理を見た。

「自分の身体《からだ》だもの。どうするかは自分で決める。それでいいんですよね、先生？」

医師は目を瞬《しばたた》き、上体をやや引いた。完全に母に気圧《けお》されている。この際、きっちり医師の言質を取るべきだ。志保理は膝を前に乗り出した。

「先生、市販のサプリって、あまり効果がないように思うんですが、どうでしょう」

医師がうなずいた。

「それはまあ、サプリは、薬とは違いますからね」

母が眉を吊《つ》り上げる。

「私の飲んでいるものは効果があるんです。使っている本人が言うんだから間違いありません。それとも私が嘘《うそ》をついているとでも？」

「いいえ、そんな……」

「じゃあ、サプリを止《や》めなくても構いませんよね？」

医師は何か言いたそうだったが、母は彼が口を開く前に腰を上げた。

「さっきも言ったように、薬の処方はいりませんから」

来なさい、と言うように志保理に手招きをすると、母は怒ったような足取りで、診察室を出て行った。


その夜、志保理は寿美礼に電話をかけた。頼りになるとも思えなかったが、ほかに相談できる相手がいなかったのだ。

寿美礼は最初、気のない様子だった。命に係《かか》わる病気ならば、ぜひとも医師の勧める治療法を受けさせるべきである。しかし、たかがと言ってはなんだが、膝の痛みである。本人の好きにさせればいいというのだ。

「効くと思い込んだら、ただのビタミン剤でも、薬より効く場合もあるっていうじゃない。確か、プラシーボ効果とかいうのよ。お母さんもきっとそれだわ」

「それはそうかもしれないけど……」

サプリの値段を告げると、寿美礼は「ヒャッ」と声を上げた。そして、突然怒り出した。

「そんなお金があるなら、援助してほしいわ。今月、タケシが地方公演に行ったりして、あまりバイトできなかったから、生活費がピンチなのよ」

母にちょっと援助してほしいと頼んだところ、けんもほろろに断られたそうだ。寿美礼は決めつけた。

「そのサプリ、止めさせるべきね」

何かが違う気もするが、とりあえず問題意識を共有してもらえたようでよかった。

「どうすればいいのかな」

寿美礼はしばらく考え込んでいたが、そういえば疑問に思ったことがあると言った。

「お母さん、あれをどこで買ってるんだろう？」

日本語表記が一切ないから、一般的な店舗で販売はできないはずだと寿美礼は言った。

「個人輸入業者から通信販売で買ってるんじゃない？　ネットで売ってる業者を見かけたよ」

「お母さんの場合は、違うかも。この前、すき焼きをした日があったでしょう？　お姉ちゃんはさっさと帰ったけど、私は食べすぎで苦しかったからしばらく座敷で横になってたの」

座敷に、母のバッグが置いてあった。そこにあの瓶がむき出しで二本入っていたという。

「革のトートバッグ?」

「そうそう。グレーと紫の中間色のやつ」

あの日、母が手にしていたバッグだ。母はすき焼きをする前、サプリを買いに出かけたのか。

しかし、寿美礼はただの買い物ではないはずだと言った。

「ステージが急遽《きゅうきょ》入って店番ができなくなったと言ったら、お母さんは、自分も約束があるって言ったんだ。だから、お姉ちゃんに店番を頼んだの」

「約束ねえ。だとすると、お母さんはあの日、誰かに会いに行って、その人から直接サプリを買った。そういうこと?」

「たぶんね。ちょっと待ってて」

寿美礼は電話を保留にした。十秒ほどその状態が続いただろうか。電話に再び出ると、志保理にメモを取るように言った。

「すき焼きの日から一か月後ぐらいに、また買いに行くと思う。そのあたりで、私が店番に入ってる日を言うね」

該当する日は、一日しかないという。十月の最終日曜である。毎月、最終日曜日と決めているのかもしれない。

「お姉ちゃんの仕事が休みなら、後をつけてみたら?」

「寿美礼って意外と頭が切れるね」

「勉強はできなかったけど、こういうのは地頭《じあたま》の問題だから」

寿美礼はそう言うと、電話を切った。

3

十月最後の日曜日、志保理は実家の斜め前にあるチェーンのコーヒーショップに昼前から陣取った。その場所は、十年ほど前までは大きな酒販店だったが、駅の北側に格安のリカーショップができたあおりでつぶれてしまったのだ。その後、ドラッグストアになり、二年前に今の店が入った。

酒販店に限らず、商店街の顔触れは、志保理が大学進学で実家を出たころと比べて、大きく変わった。新たなテナントが入居した建物はまだよかった。シャッターが下りたままの店も数知れずある。そんな状況の中、「わたぬき」はよく生き延びていると思う。

大学進学で実家を出るときに、四年後に帰る場所はなくなっているかもしれないと覚悟していた。それまでの二年間、「わたぬき」は災難続きだったからだ。

まず、店の大黒柱だった祖父が、脳卒中で倒れ、半身不随になってしまった。婿養子だった父は、一人で仕事を抱え込み、過労で倒れてしまった。

祖父は、父が婿入りする前に「わたぬき」で働いていた笠野に頭を下げ、店に戻ってもらうことにした。笠野は職人としてのキャリアや腕が父より上だった。母は、二人がうまくいくかどうか、ひどく心配していた。

幸いなことに、父と笠野は気が合うようだった。笠野が控えめな性格だったためだろう。これで一安心と思ったのだが、平和な時間は長くは続かなかった。笠野が勤め始めて半年後、父が突然、出奔してしまったのだ。

近所のスナックのホステスと逃げたと判明したのは、それからしばらく後だった。二人はすぐに別れたようだが、父は戻らなかった。

弁護士を通してほどなく離婚が成立した。志保理たちは、父の居場所も連絡先も教えてもらえなかった。仕方ないと思った。父は、自分たちを捨てたのだ。母の怒りはもっともである。

それから毎晩のように、母から父の悪口を聞かされる羽目になったのには閉口した。悪口が始まると、寿美礼はすっと自室に行ってしまう。志保理もそうしたかったのだが、母を気の毒に思っていたこともあり、うまく席を外せなかった。

気が滅入《めい》るような毎日が続き、志保理は笑えなくなった。何が何でも母から離れたかったので、トップクラスの成績で受かりそうな地方大学を受験した。目論《もくろみ》見通り、授業料、寮費を全額免除してもらえる特待生の座を手に入れ、家を出た。その三年後、寿美礼も高校を中退し、家出同然に飛び出した。

それ以来、盆暮れ以外は滅多に実家に顔を出していない。寿美礼も似たようなものだった。数年前、生活費に困窮し、母に頼み込んで「わたぬき」でアルバイトを始めてからは、週に二度ほど顔を合わせているようだが、二階に上がって世間話をしていくようなことはないそうだ。

ぼんやりと昔のことを思い出していると、スマホにメッセージの着信があった。寿美礼からだ。

――お母さん、いま家を出たよ。

志保理は急いで席を立った。母が、家の裏のほうから通りに出てきた。今日も、おしゃれをしている。

志保理は母と十分な距離を取り、歩き始めた。

寿美礼から借りたステージ用のウイッグをつけ、大きなマスクをしている。パッと見ただけでは、見破られないと自分では思うのだが、相手はほかならぬ母である。目が合ったりしたら、間違いなくバレるだろう。

母は弾むような足取りだった。商店街を駅と反対の方角へいそいそと歩いていく。

志保理は後をつけながら、首を傾げた。その先にあるのは、市が運営する公園だ。

木々が生い茂り、池の周囲に遊歩道がある緑豊かな場所である。小さいころ、池に生息していたザリガニを寿美礼と一緒によく獲《と》った。

そんな場所に、どんな用事があるというのだ。

母は、公園の門を入った。足元は運動靴だが、膝の関節痛に悩んでいる人にはとても見えない軽やかな足取りだ。やがて母は、遊歩道のベンチに座った。誰かを待っているのか、時折背筋を伸ばして周囲を見回している。

志保理は自動販売機で飲み物を買うと、少し離れたベンチに座って、母の様子を見守った。

数分後、スーツを着た背の高い男性がやってきた。志保理の目の前を足早に通り過ぎる。年は志保理と同じぐらいに見える。目鼻立ちがはっきりした甘いマスクをしていた。

横目で母のほうをうかがった。母は立ち上がり、胸の前で小さく手を振っていた。気が強く、毒舌家の母が、まるで少女のように見える。

男性は折り目正しく礼をした。母の隣に腰を下ろし、持っていたビジネスバッグから例の瓶を二本取り出した。母は、志保理が見たこともないようなシナを作りながら、男性に話しかけている。

それからおよそ三十分後、男性は母からお金を受け取ると腕時計を見ながら慌てたように立ち上がった。母は座ったまま名残《なごり》惜しそうな表情で、男性を見上げている。男性は、何度も母に向かって頭を下げると、コインパーキングのほうに向かって歩き出した。母は、逢瀬《おうせ》の余韻でも楽しむように両手をクロスして胸に当て、男性を見送っている。

志保理はベンチから腰を上げると、男の後を追った。母に見咎《みとが》められるリスクはあるが、この際そうなっても構わなかった。男性を捕まえるのが先決だ。

男性が精算をすませるのを見計らって、志保理は声をかけた。

「すみません、ちょっといいですか？」

男性が振り向き、志保理を見た。黒目がちでまつげが長かった。コロンでもつけているのか、爽やかな香りがする。

「僕に何か？」

「さっき向こうでお見かけしたんですが、もしかして関節痛に効くサプリを販売していらっしゃる？」

男は目を見開いた。

「ええ、その通りです」

「以前、友だちが勧めてくれたものとラベルが似ているようなんです。チラシか何かをお持ちなら、一部いただけませんか」

くっきりとした笑窪《えくぼ》が男の左の頬に現れた。なんとも人懐っこい笑顔である。こっちまで笑顔になってしまいそうだ。

「それは奇遇だなあ。そして、ラッキーですね。少々お待ちください」

ビジネスバッグを開き、チラシを一枚渡してくれる。志保理はざっとそれに目を通した。一応、日本語の商品名があるようだ。「ラク歩きくん」とは、なんともベタな名前である。

「海外でも品薄の人気の商品なんです。それを社長の伝手《つて》で取り寄せて、皆様にお分けしています。非常に高い効果があるのに、医薬品と違って副作用もなく、ご好評をいただいております」

男性は白い車を指さした。

「あそこに何本かあります。もし、現金の手持ちがあるようでしたら、この場でお譲りすることもできますよ」

「いえ、友だちに確認して、こちらから連絡します」

男性は軽くうなずき、内ポケットから名刺を取り出した。会社名はヘルシーポート。北林晃《きたばやしあきら》というのが彼の名前だった。

「お届けは宅配便も利用できます。もちろん、ご希望でしたら先ほどのお客様のように、私が近所までお持ちいたします」

「わざわざ届けるなんて、大変ですね」

「お客様の中には、サプリに対するご家族の理解がない方もいらっしゃいます。無理もありません。粗悪品を扱っている悪徳業者も存在しますからね。弊社をそのような業者と勘違いして、ご家族が購入に反対なさるケースがあるんです」

手渡し販売なら、家族に悟られずにサプリを購入でき、無用なトラブルを避けられると北林は言った。

聞きながら年配者をターゲットにした詐欺だと確信した。北林の弁舌は、これ以上ないというほど爽やかだ。外見は、「全国民の彼氏」と呼ばれている若手俳優をほうふつとさせる。詐欺師っぽさどころか、営業員らしさが、まったくない。逆にそこが胡散臭《うさんくさ》い。善意だけで年寄りの相手を三十分もする人間なんて、世の中にはそうそういない。

その一方で、不可解でもあった。母はしっかり者である。長年客商売をしているから、外見にまどわされず、相手の本性を見抜く目も持っていると思う。なのに、なぜこんな男に引っかかってしまったのだろう。

志保理の内心など知る由もない北林は、にこやかに頭を下げた。

「それでは、ご連絡をお待ちしています」

店番を終えた寿美礼と商店街のお蕎麦屋《そば》さんで落ち合った。昔は民芸調の店構えで可もなく不可もないいわゆる町の蕎麦屋だったが、三年前に代替わりしたのを機に、すっきりした内装に刷新し、正統な二八蕎麦を出すようになった。

そこそこ混んでいたが、それが逆に幸いしたようで、奥の個室に案内された。禁煙席だそうだ。寿美礼がぶつくさ言っていたが、志保理としては歓迎である。

志保理は下戸である。無難そうな三色蕎麦セットを頼んだ。寿美礼は蕎麦は後でいいと言い、ビールと天ぷら盛り合わせ、板わさなど数品を注文した。

「どうだった？」

志保理は、母が北林という販売員からサプリを買っていたと報告した。

話の途中でホールスタッフが注文した品々を運んできた。志保理は蕎麦を食べながら、寿美礼はビールを飲みながら話を続ける。

「お母さんが、食い物にされているのは、間違いないと思う。この後、二人で家に戻って、説得しない？」

ラベルの中身を日本語に翻訳したものを見せ、同僚の化学教師や生物教師の意見を伝えてみたらどうだろう。主成分は、深海魚から抽出したたんぱく質である。胃で消化されるからおそらく効果はないと生物教師も言っている。

「丁寧に説明すれば分かってくれるかもしれない。お母さんは、もともと合理的な人だもの」

　寿美礼は返事をしなかった。ビールをちびちび飲んでいる。

「なんなら、笠野さんにも同席してもらう？　お母さん、笠野さんには一目置いているから」

　寿美礼は頬杖《ほおづえ》をつきながら、ため息をついた。

「なんかこう、触っちゃいけないことのような気もするんだけど。お母さん、秘密にしたがってるよね」

「でも、このままじゃいけないよね」

「まあね。そういえば店番をしてるとき、笠野さんに聞いたんだけどね」

　母があんなふうにおしゃれをして出かけるようになったのは、四月からだと寿美礼は言った。

「あのころから毎月最終日曜日に店番を頼まれるようになったんだわ」

　すでに七か月。五十六万円か、と心の中でつぶやく。

「私らじゃなくて、お医者さんに言ってもらったほうがいいのかなあ。でも、整形外科の先生では話にならなかったんだよね」

「うん。若い先生だったからかもしれないけど」

「ちなみに、どこの整形外科？」

「青島総合病院」

寿美礼は、はっとしたように肘をテーブルから下ろした。

「そういえば、思い出した。常連客に、塩大福好きの医者がいるんだけどね、青島総合病院の総合内科で医療相談をやってるんだって。なんなら、その医者に話してみる？」

名刺を前にもらった。家に帰って探せばたぶん見つかるという。医療相談といわれてもピンと来なかった。

――怪しげなサプリにはまっている母をなんとかしたい。

自分たちにとっては切実な問題である。しかし、そんな相談が、はたして医療相談と言えるのか。

「もっと難しい相談をするところじゃないの？　治療方針について、主治医以外の話を聞くセカンドオピニオンとか」

志保理が言うと、寿美礼はクスッと笑った。

「そうでもないみたい。店が暇なときにおしゃべりしたんだけど、相談者の悩みは、うちと似たり寄ったりみたいだよ」

「そうなんだ。じゃあ行ってみようかな。料金がどのぐらいか分かる？」

「初回は千円ポッキリ。二回目以降は内容にもよるけど、二、三万はかかるんだって」

保険がきかない自由診療なのだろう。高いなと思ったが、すぐに思い直した。年間約百万円のサプリ代と比べたら微々たるものである。

「予約を取ってもらえる？」

「分かった。でも、できるだけ穏便にしてよ。お姉ちゃんって、正義の拳で人をぶん殴りがちだから」

「失礼な。そんなことしないわよ」

「してるよ。まあ、お母さんもそうなんだけどね。だからこそ、ちょっと心配なんだ」

寿美礼は酔いのせいか、ややトロンとした目でそう言うと、テーブルの呼び鈴を鳴らして、スタッフを呼んだ。

次の土曜日、志保理は青島総合病院に出向いた。寿美礼が予約のときに聞いたところによると、総合内科は本院ではなく、雑木林の中にある別棟に入っているそうだ。

別棟というのが、鉄筋コンクリートではないどころか、廃屋同然だったのには困惑した。ドアを開けると、さらに驚いた。受付にいたのが、いつか店で塩大福を食べていた若い女性だったのだ。確か、ミカと呼ばれていた。今日は、オレンジ色の制服のようなものを身に着けている。

ミカは志保理が手にしているレジ袋を見て目を輝かせた。

「もしかして、それ」

「あ、はい。塩大福です。よかったらと思って」

ミカは顔の前で手を叩《たた》いた。

「やった！　実は、持ってきてくれるんじゃないかって、期待してました」

そう言うと、ミカは奥のドアに向かって声をかけた。

「先生、相談者さんが来ましたよ。塩大福をいただいちゃいました。あたしの言った通りだったでしょ」

診察室のドアが開いた。予想はしていたが、顔を出したのは、あの日の男性だった。優しそうな目ですぐに分かった。

「やあ、どうもすみません。青島倫太郎《りんたろう》です」

志保理はやや緊張しながら頭を下げた。そして、北林からせしめたサプリのチラシと、友人が訳してくれたラベルの文章をプリントアウトした紙を取り出した。

話し終えると、志保理は頭を下げた。

「そういうわけで、母を説得していただけないでしょうか。できるだけ早くサプリを止めさせたいんです」

　青島は顎を撫《な》でながら言った。

「よく見かけるタイプのサプリですね。チラシやラベルの内容が正しければ、身体に害はなさそうです。効果もありませんが、まあ、もう少し様子を見てはいかがでしょう」

　志保理は納得できなかった。

「効果はないんですよね？　詐欺みたいなものでは？」

「そうですね。あまりにも高額だし、ラベルに日本語表記がないのも問題でしょう」

「やっぱりそうですよね。母は、変形性膝関節症という診断も受けてます。こんなサプリは止めて、きちんと病院で治療したほうがいいに決まってますよね？」

　青島は難しい顔をして黙り込んだ。何か迷っている様子である。

「先生は、あんなサプリを認めるんですか？」

　詰め寄ると、青島は慌てて首を横に振った。

「いや、それは違います。僕は、インチキ医療や詐欺まがいの健康商法は、野放しにするべきではないという立場です」

　民間療法の類を全否定する気はない。患者の状況、あるいは体質によっては、役立つ場合もあるだろう。問題は、患者や家族の不安を煽《あお》り、効かないと分かっている高額商品を売りつける悪徳業者の存在だと青島は言った。

「だったら、やっぱり」

「ただ、話を聞く限り、お母さんの場合は……。もう少し様子を見てもいいような気がするんです」

なんとも歯切れが悪い。放っておけと言っているも同然でもある。信じられない思いで青島を見た。

「失礼ですが、それって無責任では？」

「そう言われると返す言葉もないな。でも、志保理さんも落ち着いて考えてみたほうがいい。お母さんは気が強くて、しっかり者だと言っていましたよね。そんな方が、簡単に騙されるでしょうか。その点が腑《ふ》に落ちないんです」

はっとした。志保理自身、何となくその点に疑問を感じていたのだ。寿美礼ならともかく、あの母が、まさか詐欺に引っかかるなんてと。

診察台に腰かけていたミカが大きくうなずく。

「お母さんは、インチキ臭いと分かったうえで、そのサプリを買ってるんだと思います」

「えっどうして？」

「きっと販売員と会うのが楽しいんですよ。その人のこと、好きなんじゃないですか？」

ミカが歌うように言う。

「まさか」と言いかけて口をつぐんだ。確かに、北林と会っているときの母は幸せそうだった。出かけるときもおしゃれをし、浮き立っていた。とはいえ、恋でもあるまい。親子ほど年齢が離れている。

志保理の疑問を読み取ったかのようにミカは言った。

「アイドルかスポーツ選手を応援している気分なんじゃないかな」

なるほど、それなら分かる。母は北林のファンなのだ。彼の成績アップに貢献するため、サプリを買っている。思わずため息をついた。

「だとしても、見過ごせません。詐欺にあってるようなものですから」

青島も、ため息をついた。

「まあ、それはそうなんですよね。サプリを一錠持ってきてもらえますか？　知り合いの研究者に頼んで、成分を分析してもらいましょう」

最初からそう提案すればいいのにと思いながらうなずいた。

「そうしてください。結果が出たら、それをもとに母を説得してください」

青島は背筋を伸ばした。志保理の目をまっすぐ見つめながら言う。

「分かりました。ただ、これだけは理解してください。最終的に判断するのは、志保理さんではなく、お母さんです」

ミカが、「その通りだ」と言うように、ブンブン首を振る。

二人が自分に対して批判的なのだと、ようやく気づいた。一瞬、気持ちがひるみかけたが、やっぱり納得できない。

「繰り返しになりますが、これは詐欺みたいなものでしょ?」

「ええ。ですが、お母さんが、どんなものなのか分かったうえでサプリを買っているなら、詐欺だと騒ぎ立てて、サプリを取り上げるのはどうなのかなと」

「あたしも同じことを思ってました。もういい年だしお酒は身体に悪いからって、スナック通いを子どもに止められたお年寄りとかいるじゃないですか。シュンとしちゃって身体がガクッと衰える人も多いみたいですよ」

「でも……」

反論しようとしたが、青島はその隙を与えてくれなかった。

「成分分析は、早急にやりましょう。そのうえで、害がないと分かったら、もう少し様子を見るのがいい」

決めつけられ、ムッとしたが、ふと寿美礼の言葉を思い出した。

——なんかこう、触っちゃいけないことのような気もするんだけど。

——お姉ちゃんって、正義の拳で人をぶん殴りがちだから。

目の前にいる二人も、寿美礼と全く同じ指摘をしているようだ。

「分かりました。では、あとひと月かふた月ぐらい……」

「それがいいでしょう。お母さん、そろそろ目を覚ますかもしれない」

そうだといいのだがと思いながら、志保理は唇を嚙《か》んだ。

4

十一月の最終日曜日にも、母はサプリを買いに出かけたようだ。店番の後、二階に上がってみたという寿美礼によると、新しい瓶がテーブルの定位置に置いてあったそうだ。成分分析の結果、害はないと分かったのはよかったが、またもや八万円が泡と消えてしまった。自分のお金ではないが、腹が立つ。

青島たちはああ言っていたが、母が目が覚める日は、本当に来るのだろうか。目が覚めたとしても、そのとき、母の貯金がすっからかんになっていては困るのだ。

やきもきしながら、またひと月が過ぎ、十二月の後半を迎えた。五十年以上の歴史を誇る「和菓子わたぬき」にとって、最後の年末年始に突入する。

そんな大事な時期でも、母はサプリを買いに出かけるつもりなのだろうか。

冬至を過ぎたころ、母から寿美礼に、「最終日曜日に店番に入ってほしい」という要請があった。寿美礼はステージの予定が入っていたので断ったそうで、志保理にお鉢が回ってきた。

「朝の十時半からお昼ぐらいまでで構わないから。冬休みぐらい実家の手伝いをしなさい。あんたが、大学まで出て教師になれたのは、店のおかげなんだからね」

高校までは世話になったが、大学は自力で出たのだ。とはいえ、母に反論するのは時間の無駄である。

当日、店に着くと、母はちょうど出かけるところだった。ピンクのスカーフを巻き、同系統の色のマスクをつけている。今日もおしゃれをして公園であの男とおしゃべりを楽しむつもりなのだろう。

「よろしくね！」と言うと、母はいそいそと出て行った。

年末とはいえ、午前中の和菓子店は暇である。カウンターの中のスツールに座ってお茶を飲んでいると、作業場から笠野が出てきた。胡麻塩の角刈り頭に今日も手ぬぐいを巻いている。

「志保理さんか。お疲れさま」

ショーケースにみたらし団子を満載したトレーを入れながら言う。

「女将《おかみ》さんは、またサプリを買いに公園へ？」

「寿美礼から聞きましたか」

「うん。でも、信じられないんだよな。あの女将さんが、詐欺まがいの商品に手を出すなんて。俺からも意見してみましょうか」

　そうしてもらったほうがいいのかもしれない。青島は当てにならない。それに笠野は、父がいなくなった後、ずっと店を支えてくれた。母は、笠野に恩義を感じており、他の人に対するように高圧的な態度はとらないはずだ。

「お願いしてもいいですか？」

「分かりました。その前に、ちょっと公園の様子を見てきます。作業がいち段落して、早めの昼飯に出ようと思っていたところなんだ」

　笠野はいったん奥に引っ込むと、白衣の上にダウンジャケットを羽織って出てきた。手ぬぐいはそのままである。外出するなら、取ったほうがいいのではと思ったが、真剣な様子なので、あえて声はかけなかった。

　戻ってきた笠野は、難しい顔をしていた。手に手ぬぐいを握りしめている。客が途切れるや否や、志保理は作業場をのぞいた。

「母、どんな様子でした？」

　餡《あん》を煮ている大鍋をかき混ぜながら、笠野は困ったような表情を浮かべた。

「申し訳ないんですが、俺から女将さんに意見するのは勘弁してください」

「えっ、どうして？」

「あの販売員、あの男に似てるんです。まるで生き写しだ」

詳しく尋ねようとしたが、それきり笠野は志保理と目を合わせようとしなかった。声をかけても、無言で首を横に振るばかりだ。

店先から客が呼ぶ声がした。モヤモヤとした気持ちを抱えながら、志保理は店先に戻った。

一月中旬の週末、志保理は寿美礼に声をかけ、家を出て以来初めて実家に泊まることにした。彼氏持ちの寿美礼は乗ってこないかもしれないと思ったが、母にヒモ男呼ばわりされていたドラマー氏は、宇都宮《うつのみや》で久々にライブがあるのだという。

恋人なら一緒に行くべきではと思ったが、寿美礼にその気はないそうだ。ホテル代を節約するため、移動用のワゴン車でバンドのメンバーと車中泊をするのだと言われ、同行を断ったという。

夕飯は座敷にホットプレートを引っ張り出して、ホルモン焼きだった。志保理としては残念である。母と寿美礼は、ビールを飲みながらホルモンをつついていたが、脂たっぷりのホルモンはご飯のおかずとしては、単調すぎてやや辛《つら》い。

夕飯が終わり、ホットプレートや食器を志保理たちが下げると、母は台所から日本酒の四合瓶とみかんを持ってきた。そして、テレビの真正面に陣取った。すぐにナツメロ特集が始まった。母は、その手の番組の大ファンなのだ。ちびちび飲みながら、知っている曲を一緒に歌うのを何よりの楽しみにしている。そして、そのうち座布団を枕にして眠ってしまうのだ。

今日も、四合瓶が三分の一ほど空いたところで、母は転寝《うたたね》を始めた。かつての習慣が今も続いていたことに感謝しながら、志保理は寿美礼に目配せをして座敷を出た。

物置として使っている二畳の納戸に入った。棚の一番下の段から、油性ペンで「アルバム」と書いてある古びた段ボール箱を二つ引っ張り出す。

埃《ほこり》が舞い、寿美礼が咳《せ》き込んだ。箱の一つに手をかけ、持ち上げようとしたがびくともしなかった。

「寿美礼、一緒に持ってよ」

二人がかりでも、腕がもげそうだった。二箱をなんとか昔の子ども部屋に移動させると、ふすまを閉めて、箱の蓋を開いた。

色褪《いろあ》せた表紙のアルバムがぎっしりと詰まっている。亡くなった祖父が作成していたものだ。かびと埃が入り混じったような臭いが周囲に漂った。

「見てみよう。お祖父《じい》ちゃんは几帳面《きちょうめん》な人だったから、きれいに整理されているんじゃないかな」

「うん。きちんとしてる。お父さんもお姉ちゃんも出て行った後、私、こっそり一人で見てたから、よく知ってるんだ」

ぎょっとしながら、寿美礼の横顔を眺めた。そんな話は初めて聞いたのだ。

あのころ、志保理は母から逃げ出すのに必死だった。寿美礼は母をうまくいなせているようだったので、残していっても平気だと思っていたのだが、そうでもなかったのかもしれない。

今さらではあるが、謝ったほうがいいだろうか。しかし、寿美礼に湿っぽいところはなかった。

「早く見よう。笠野さんが前にいたころの職人さんの写真をチェックするんだよね」

「あ、うん」

先日の笠野の言葉が気になっていた。販売員の北林は、誰に似ているというのだ。話の流れから考えて、笠野と母の共通の知り合いだとしか思えない。となると、この店で昔働いていた従業員ではないだろうか。

最初に開いたアルバムを見て、志保理はドキッとした。懐かしい思いで胸がいっぱいになる。

写っていたのは自分と寿美礼、そして父だった。志保理が小学生、寿美礼が保育園に通っていたころのようだ。

写真の中の父は、子どもたちの身体に腕を回し、子煩悩そのものに見えた。それが十年足らずの後、浮気をした挙句、妻子を捨てて家を出るのだから、人間分からないものだ。

「お姉ちゃん、しんみりしてる場合じゃないでしょ。もっと古い時代のアルバムを探しなよ。私は、その販売員の顔を見てない。お姉ちゃんにしか分からないんだよ」

寿美礼に言われ、我に返る。とりあえずすべてのアルバムを畳の上に引っ張り出し、片っ端から見ていった。

四冊目の中ほどまで来たときだ。志保理の目は一枚の写真にくぎ付けになった。門松が飾ってあるから、仕事始めに従業員一同で撮った写真のようだった。中央に祖父、その隣に笠野が立っている。二十歳《はたち》ぐらいの母、当時はまだ存命だった祖母の姿も見える。問題は、母の隣にいる若い男だった。

志保理は背中を丸め、写真に顔を近づけた。

北林に似ている。顔立ちはもちろん、笑窪の位置まで同じなのだから、笠野の言う通り、生き写しである。

「この人だわ」

指でさすと、寿美礼も写真をのぞき込んだ。

「ずいぶん男前だね。お母さん、この人が好きだったのかな」

「たぶんね」

初恋の相手だったのかもしれない。母にとっては、まさに、アイドルのような存在だ。そんな男が五十年近くの時を経た現在、当時のままの姿で目の前に現れたら、心を奪われるのも無理はないのかもしれない。

そうはいっても、北林は写真の中の職人とは別人である。しかも、詐欺まがいの商売をしているのだ。

ふいに、背後でふすまが開いた。

「あんたたち、何をしてるの？」

眠そうな目をした母が立っていた。トイレにでも起きたようだ。とっさにアルバムを閉じようとしたが、その前に母の顔が歪《ゆが》んだ。大きく目を見開き、写真を凝視している。

こうなったら、ごまかさないほうがいい。

「お母さん、この男の人……」

母は突然、両手で顔を覆った。踵《きびす》を返すと、廊下を駆け出した。

「お姉ちゃん……」

寿美礼に向かってうなずくと、志保理は苦い思いを噛み締めた。こんなことなら、青島たちが言っていたように、本人の目が覚めるまで待つべきだった。母の心に土足で踏み込み傷つけることまでは必要なかったのではないか。

5

翌週、志保理は店が終わったころを見計らって、商店街のお蕎麦屋さんの個室に笠野を呼び出した。笠野も思うところがあったようで、すぐに出てきてくれた。

ビールとつまみを何点か注文すると、笠野は尋ねた。

「女将さんに、何かありましたか?」

ここ一週間ばかり、ずっとふさぎ込んでいるのだという。

実は、古いアルバムを見たと正直に打ち明けた。

「あの販売員に似た男が写っている写真を見つけました。それを母に見られてしまって……」

笠野はため息をつくと、そんなことだろうと思っていたと言った。

「余計なことを言うんじゃなかったな」

「母は、あの人が好きだったんですね。初恋の相手だったとか?」

笠野はしばらく無言だった。ビールやつまみが運ばれてきても、黙って箸を動かしていた。ようやく顔を上げると、思い詰めた表情で言った。

「ずっと棘のように引っかかっていたんです。いつかは志保理さんと寿美礼さんに、本当のことを話さなきゃって。女将さんの気持ちを思うと、つい気持ちがくじけてしまうんですが、俺は春にお暇《いとま》をいただきます。そうしたら、志保理さんたちと会う機会もなくなる」

何か重要な秘密が明かされるのだと分かった。志保理は箸を置いた。

「写真の男は峯川進《みねかわすすむ》と言います。女将さんとは恋仲でした」

母が二十歳ぐらいのときだという。

「女将さんは妊娠までしてしまったんです。先代は怒り心頭でしたが、子どもができては認めるほかありません。峯川に婿養子になり、いずれ店を継ぐようにと言ったんです」

ところが彼は、婿養子に入るのを嫌い、身重の母を捨てて逃げた。

「産む、産まないで散々もめたようです。女将さんも先代も、気が強いから、それはもう修羅場でした」

結局、母は父方の田舎に預けられ、そこで出産したそうだ。産まれた息子は遠い親戚のもとに養子に出された。どうしても産むなら、養子に出すというのが、祖父が出した条件だったそうだ。

祖父母と母は、その後、過去を隠して志保理たちの父を婿養子に迎えた。

「過去を水に流すのは、必ずしも悪いことではありません。一件落着だと思っていたんですが……」

母は結婚後も、峯川と隠れて会い続けていたという。その現場を父、康介《こうすけ》がたまたま目撃してしまったそうだ。そして、浮気に走り、ついには出奔してしまった。

いつの間にか、喉がカラカラだ。コップのお冷を飲んでも、喉の渇きはますますひどくなるようだ。

父の出奔の背景に、そんな事情があったなんて、考えてもみなかった。

笠野は続けた。

「康介との付き合いは半年ほどでしたが、俺はあいつが好きでした。立場的に俺を煙たがって当たり前なのに、よく立ててくれた。あの出奔騒ぎのとき、一方的に悪者にされて、気の毒に思っていたんです」

父は出奔後すぐに女と別れて母に頭を下げ、やり直そうと言ったそうだ。しかし、母は父を許さなかった。

笠野はズボンのポケットからスマホを取り出した。

「康介とは、今でもたまに連絡を取っています。自分は、子どもたちを捨てた。あいつらに会う資格はないとか言ってましたが……。電話番号、教えましょうか」

父は千葉の和菓子店で働いており、三年前に一回り下のシングルマザーと再婚したようだと笠野は言った。

志保理はうなずいた。今は、まだ父に会う決心はつかないが、いずれ会いたくなる日が来るかもしれない。それより、気になっていることを尋ねた。

「まさかとは思いますが、あの販売員は、母の息子だったりするんでしょうか」

もしそうだったら、サプリを購入するという形で援助してやりたかったのかもしれない。生き別れた息子と再会したのであれば、そんな気持ちになっても不思議ではなかった。

しかし、笠野は首を横に振った。

「それは俺にも分かりません」


それからしばらくして、母から電話がかかってきた。

「サプリ、止めたから」

ぶっきらぼうな口調で言うと、笠野から聞いたと言った。

「まさか、笠野さんがそこまで話すとは思わなかった。さーっと血の気が引いちゃってね。夢から覚めた気分よ」

「そう……」

「寿美礼には話したの？」

「ううん」

自分の中で消化しきれていない。なのに、寿美礼に話なんかできやしないと思うのだが、母は命令した。

「じゃあ、あんたから言っといて。あと、お父さんに会いに行きたいなら行きなさい」

もう二十年も前のことである。父の出奔騒動は、自分の中では昔話になっていると母は言った。

ずいぶん勝手な言い草である。でも、いかにも母らしい。そして、ずっと頭に浮かんでいたことを、思い切ってぶつけてみた。

「お母さん、一つだけ教えて。あのサプリの販売員はもしかして、お母さんの子どもだったりする？」

もしそうなら、つじつまも合う。それならそれで別の形で援助をしてもいいのではないか。そう思ったのだ。しかし、母の答えは違った。

「あの子は、幼児のうちに病気で亡くなってしまったの」

公園で散歩中に北林に声をかけられたとき、彼の生まれ変わりかもしれないと思ったという。だから、胡散臭いサプリと分かっていてもつい買ってしまったのだそうだ。

「あと、一応言っておくけど、お父さんと離婚したときに、峯川とも別れたからね。

向こうも潮時だと思ったんでしょう」

峯川にも家庭があったのだと母は言った。

それ以来、母はずっと一人だった。祖父は亡くなり、娘二人も、逃げるように母のもとから離れていった。

母の嘘を許したわけではない。でも、母の孤独を思うと、もういいのではないかとも思った。

志保理は思い切って言った。

「店を閉めたら、寿美礼と三人で温泉にでも行こうか?」

母は少し笑った。

「どういう風の吹き回し? でも、それは無理だね。ちょっと事情が変わったんだ」

過去の清算ができたことで、気持ちが吹っ切れたと母は言った。

「妙に前向きな気分になっちゃってね。もう少し店を続けてもいいような気持ちになって、笠野さんを口説いてみたんだよ。『やっぱりあんたがいなくなっちゃうと私も淋《さび》しいから』って。そうしたら、まんざらでもなさそうだった」

「えっ、そうなの?」

「ただ、私も年だし、膝がやっぱりちょっと痛いの。青島病院の整形外科に、もう一度行こうと思ってね。運動療法とやらを、試してみようかと思って」

そういう話なら大歓迎だ。

「総合内科にも寄ってみるといいよ。そこの先生が、うちの塩大福の大ファンだから」

「へえ、そういうことなら、差し入れを持って行かなきゃね」

母とにこやかに会話のキャッチボールをするなんて、いつ以来だろう。

志保理の目に涙がにじんだ。

総合内科　本日開院

床にワックスをかけている間に、木製の窓枠に塗った白い塗料が、綺麗《きれい》に乾いた。小泉《こいずみ》ミカは、塗料除《よ》けのために窓枠の外側に張ってあったビニールテープをはがしながら、何気なく時計を見た。針は夕方の五時二十分を指している。

ミカは手を止め、首を傾《かし》げた。防災無線から流れる「夕焼け小焼け」を今日はまだ聞いていない気がする。毎日四時半に流れるそのメロディは子どもたちに帰宅を促すためのものだが、ミカにとっては終業三十分前の合図になっていた。

なぜだろうと思ったが、すぐに思い当たった。三月に入り、音楽が流れる時間が、一時間遅くなったのだ。

「もう、こんな時間ですね」

ミカが言うと、反対側の窓の前で同じ作業をしていた青島倫太郎《あおしまりんたろう》が振り返った。作業用に購入したと思われる真新しいレインスーツの上下を着こみ、頭にタオルを巻いている。子どもの運動会に引っ張りだされた運動オンチのお父さんみたいだ。要するに、まったく似合っていない。第三者の目にはよほど奇妙に映るであろうハーフパンツ姿を見慣れてしまったから、そう感じるのだろうか。

倫太郎は両手を合わせ、ミカを拝むようにした。

「気づかなくて悪かった。適当に切り上げて帰って。後は僕がやっとくから」

「いや、予定もないんで、最後までやっちゃいますよ」

「ありがとう。助かるよ。今日中に窓枠が終わったら、明日はポーチの補強をやってみようと思ってるんだ。午前中に、ホームセンターで材料を買ってくる。ミカちゃんは午前中は自宅待機で、午後から出勤ってことでいい？」

「それは構いませんが……」

ミカは、その後の言葉を飲み込むと、再び手を動かし始めた。

倫太郎は、明日も患者は一人も来ないと予想しているのだろう。座って患者を待っているだけでは、時間の無駄である。空いた時間を利用して、建物に手を入れようというのは理解できる。しかし、このままでいいのだろうか。

倫太郎が青島総合病院の敷地の一角にあった廃屋同然の建屋に総合内科を開設してから、一年近くが過ぎた。総合内科といっても、現在は医療相談のみ自由診療で受けている。そんなところに開業と同時に患者が列をなしてやってくるとは思っていなかったが、一日に一人、二人しか来ないのでは……。倫太郎によると、総合内科は青島総合病院とは別組織で独立採算制をとっている。この建物の家賃は払う必要がない。医療相談という業務の性質上、経費は光熱費と人件費、つまり倫太郎とミカの給料ぐらいなものだろう。

それでも、採算がとれているわけがない。ミカの給料は、おそらく倫太郎が自腹を切って払ってくれているはずだ。去年の夏ごろは、給料を増やしてほしいと思っていたが、内情を知った今はとてもそんなことは言えない。

このままでは、廃業に追い込まれるような気がする。なのに、こんなふうに建物の修理に精を出していていいのだろうか。あまりにも暢気《のんき》すぎるような気がする。

ミカの不安と不満を感じ取ったのだろうか。倫太郎が、軽く咳《せき》ばらいをした。

「ミカちゃん、そんなふうに苛々《いらいら》しても、しようがないでしょう。患者さんが来ないのは認知度がまだ低いからでしょう。それは誰のせいでもないんだから。僕らは、自分たちにできることをやるしかないんだよ」

「それはまあ、そうだと思いますけど」

「総合内科を開いたのは正解だったと、僕は思ってる。これまでに受診した患者さんは、数こそ多くはないけど、みんな助かったっていう顔をしていただろ」

「ええ」

「僕らがやってる仕事は、世の中に必要なものなんだ。それに、ミカちゃんも、楽しそうだったじゃないか。体調もずいぶん良くなったんじゃない？」

「それはまあ……」

遠くから「夕焼け小焼け」が聞こえてきた。倫太郎がそれに合わせてハミングを始める。

ミカは、テープをはがしながら、本院に勤めていたころのことを思い返した。

＊　　　＊　　　＊

1

青島総合病院の内科は、その日も盛況だった。ミカが最後の患者を診察室から送り出したときには、午後七時を回っていた。

ミカは両手を腰にセットした。骨盤をゆらゆらと前後左右に揺らす体操を始める。揺れを大きくしていくに従って、痛いような気持ちいいような感覚が広がっていく。

腰が痛み始めたのは、ここ最近だ。腰痛は看護師の職業病とも言われるが、ミカはまだ二十五歳である。痛みは一時的なものだろうと思っていたのだが、その考えは甘かった。手術室から病棟に異動になったのをきっかけに、症状が一気に悪化したのだ。病棟の仕事は、ベッドにかがみこんで寝た状態の患者の身体《からだ》を拭く、患者を抱き起こして車椅子に移動させるといった腰に負担がかかる仕事が多いせいだろう。

整形外科でレントゲンを撮ってもらったところ、骨に異常はなく、痛み止めと湿布薬を使いながら様子を見ることになった。

処方された薬に効果がないわけではなかった。それでも、ふとした拍子に激痛に襲われた。ネットで調べた腰痛改善体操をこまめにしてみたり、自費でマッサージに通ったりしたが、よくなる気配はまったくなかった。

そのうち、朝、ベッドから立ち上がるのさえ辛《つら》くなった。これはもうどうしようもないと思い、看護部長に配置換えを願い出た。病棟に来る前にいた手術室、あるいは外来での仕事も、立ちっぱなしではある。それでも、腰の曲げ伸ばしが多い病棟よりは負担が少ないと思ったのだ。

部長は介助のコツをつかめば、腰への負担は減るはずだと言った。それもそうかと思って耐えていたが、見かねた整形外科のドクターの口添えもあり、外来に異動させてもらった。異動から今日でちょうど一週間経《た》つが、腰痛はずいぶん楽になった。しかし、万々歳というわけにはいかなかった。

「おおい、小泉君」

柿塚正助《かきづかしょうすけ》が、診察用のデスクからミカを呼んだ。量がたっぷりとした白髪交じりの長髪をライオンのたてがみのように伸ばしているこの医師は、内科部長と副院長を兼ねている実力者だ。

ミカは振り返らずに応えた。

「片づけなら、すぐにやります」

「その前にちょっと手伝って。この電子カルテは、使いづらくていけない。あと、ドアは閉めてくれないか。僕は音に敏感な性質《たち》でね。廊下の音が耳障りなんだ」

ミカは心の中でため息をついた。あえてドアを開け放しにしたまま、柿塚の隣に移動する。

柿塚は、亀のように首を突き出してモニターの画面を凝視していた。

「どうしました?」

ミカが尋ねると、柿塚は顔を上げ、前髪をかき上げた。首をやや傾け、目尻にしわを寄せて微笑《ほほえ》む。

「悪いねえ。このファイルを保存したいんだけど」

イロハのイに当たる基本操作だ。分からないはずがないと思いながら、クリックすべき場所を指でさした。

「ここだと思います」

「ん? どこ?」

柿塚は右手でマウスを動かしながら、左の側頭部をミカの脇腹のあたりにぶつけてきた。

昨日、一昨日《おととい》も同じようにされた。昨日、帰り際に看護師長の野木《のぎ》に相談したら、「偶然でしょ。気にしすぎよ」と言われた。そのときは、ミカも自意識過剰かもしれないと思った。でも、今ので確信した。絶対にわざとやっている。

身体を引こうとすると、今度はいきなり尻を触られた。あまりのことに息が止まりそうになる。

柿塚は快活な声で言った。

「腰痛がひどいんでしょ。大殿筋《だいでんきん》をほぐすといいんだ。ちょっとやってみようか。こんなふうに……」

手のひらを広げ、尻を撫《な》でさするようにしながら言う。背筋にぞわぞわとしたものが広がる。ミカは今度こそ身体を引いた。

「やめてください」

小声で鋭く言うと、柿塚は驚いたように目を見開き、縦じわの多い唇をすぼめた。長髪をかきあげながら、さも心外だという目でミカを見上げる。

「怖い顔をしないで。マッサージのやり方を教えただけでしょ」

ミカは柿塚から顔を背け、診察室の片づけを始めた。無視と無言によって「ごまかされないぞ」とアピールしたつもりだったが、柿塚には通じなかったようだ。

「習っておいて損はないと思うけどね。その気になったら声をかけて」

屈託のない口調で言うと、柿塚は大きく伸びをした。

ロッカー室は無人だった。ミカはため息をつきながらベンチに腰を下ろした。怒りより情けなさがこみ上げてくる。柿塚のセクハラに腹が立つのはもちろんだが、看護師長の野木の対応にもがっかりだ。

さっき柿塚の言動を報告したところ、野木はこんなふうに言ったのだ。

「あれは、柿塚先生流のコミュニケーションで、悪気はないのよ。前任者は、『先生ったら～』とか言って、適当に調子を合わせていたわよ。あなたも、そういうふうにできない？」

前半は、理解できないでもなかった。運送会社で事務仕事をしている母によると、昭和の時代、職場のおじさんたちは挨拶代わりに女性のお尻を撫でていたそうだ。柿塚もそんな感覚なのだろう。

後半については、できない相談だった。ミカは、男勝りのシングルマザー、ヤンキーの兄、アニメオタクの弟に囲まれて育った。そのせいか、嫌なことは、はっきり嫌だと言う性分だ。内心嫌だと思いながら、調子を合わせるなんてとてもではないが無理だ。そもそも、なぜセクハラを働く人間に迎合する必要があるのか。

「悪気はなくても、セクハラはセクハラですよね？」

野木はバツの悪そうな顔をした。

「それは、まあ、そう。でも、余計な波風を立てるのもどうかと思うのよ。ここだけの話だけどね」

柿塚は腕は確かだし、患者に人気もある。他の病院から引き抜きの話も頻繁に来ているようだ。下手なことを言ったら、辞めてしまうかもしれない。

「とりあえず、受け流すように努力してみてくれない？　そのうち、自然に収まるかもしれないでしょ。あと、メイクが派手なんじゃない？　もっと地味にしてみるとか」

野木はそう言うと、逃げるようにその場を離れた。ミカは愕然《がくぜん》とするほかなかった。

柿塚は、病院一のベテランである。それにしたって、令和の時代に入ったというのに、セクハラが容認されているのは信じられなかった。しかも、この病院は、病床数こそ三百五十と規模は大きくないものの、都内多摩《たま》地区きっての先進的な病院として知られているのだ。

青島総合病院は、今年で創業七十年を迎える。私鉄の小さな駅からバスで二十五分と地の利は悪いが、その分敷地は広大だ。病棟の北側には武蔵野《むさしの》の雑木林が残されており、入院患者や見舞い客が散歩できる遊歩道が整備されていた。病院自体は特徴もなく、「環境の良さが唯一のセールスポイント」と言われていたが、一年半前、理事長の代替わりと病棟の建て替えを機に、躍進が始まった。

旗振り役は、先代から理事長兼院長職を引き継いだ青島柳司《りゅうじ》である。当時四十歳になったばかりで、経験不足を心配する声もあったが、医師免許のほか米国の一流大学でMBAを取得した彼は、エビデンス・ベースド・メディスン、通称EBM、いわゆる「根拠に基づく医療」を推し進めた。代替わりと同時に最新の医療機器を備えた新病棟が稼働したこともあり、青島総合病院は、東京都多摩地域きっての先進的な病院として注目を集めるようになったのだ。大手週刊誌が毎年春に実施している「都内のベストオブ民間病院ランキング」では、昨年の圏外から今年一気に七位に浮上した。

ミカが三年ほど勤めた手術室も、ひと月ほどしかいなかった病棟も、代替わりを機に風通しがよくなり、新理事長を評価する声が多かった。なのに、外来が、こんな状態だとは思いもしなかった。

ノックの音がして、杉浦秋穂《すぎうらあきほ》が入ってきた。手術室勤務の先輩看護師だ。新人だったころ、いろいろ面倒をみてもらった。色白のすらっとした和風美人だが、今日はひどく疲れた様子だった。

そういえば、秋穂は手術室の前に、外来にいたと聞いたことがある。

「ちょっと、いいですか?」

声をかけると、秋穂は目だけでうなずいた。

「今、柿塚先生の外来を担当してるんですけど、セクハラがひどくって」

秋穂は着替えの手を止めた。小さな唇をきゅっとつぼめると、眉を寄せる。

「ミカちゃんも、触られたりしたの？」

「はい。野木さんに言っても、取り合ってもらえないんです」

「柿塚先生の機嫌を損ねたくないんでしょ。あの先生が人事権を握ってるも同然だから」

「そうなんですか？」

昨年の秋、代替わりを見届けるように前理事長が亡くなった。その直後、古参ドクター数人に辞めてもらった。自分の経験や流儀を重視する彼らは、現理事長の柳司が推進するエビデンス・ベースド・メディスンに消極的だったからだ。若い柳司に代わって、彼らを排除したのが、柿塚だったという。

「だとしても、調子を合わせろなんて、どう考えてもおかしいですよね。メイクを地味にしろっていうのも納得できないし、看護部長に相談してみようかな」

秋穂は困ったような顔になった。

「それはどうかな……。私から聞いたって言わないでね」

不穏な台詞《せりふ》だなと思いながらうなずく。秋穂は、ミカから視線をそらすと、話し始めた。

「ミカちゃんは、腰痛を理由に、病棟から外来に移ったでしょ。そのことで部長にかみついた人たちがいるの」

──腰痛に悩まされている人は他にもたくさんいる。小泉さんは、大げさに騒いでいるだけだ。独身で実家暮らしのくせに、夜勤を嫌って外来に移るなんてズルい。

ミカは言葉を失った。同僚から顰蹙《ひんしゅく》を買っているなんてまったく知らなかった。

「本当に腰痛がひどかったんです」

秋穂は小さくうなずいた。

「うん。ただ、怒ってる人の中に、ご主人が単身赴任中で、小学生を一人で留守番させながら夜勤をしている人がいてね。だいぶ前から外来への転属希望を出しているんだけど、人手不足を理由に待たされているんだって。部長はミカちゃんの異動も認めるつもりはなかったのに、ミカちゃんが、整形外科の先生を担ぎ出してきたから」

「それも誤解です。私が担ぎ出したんじゃなくて、ドクターのほうが見かねて……」

そこでようやく思い当たった。

「もしかして、部長は他のナースたちの不満を抑えるためにあたしを柿塚先生の担当にしたんですか？」

ミカの異動先が、セクハラで悪名高い柿塚が担当する外来なら、文句を言っている人たちの溜飲《りゅういん》も下がるというものだ。

秋穂は首を横に振った。

「そこまでは分からない。でも、そういう事情があるから、部長に相談するのはどうかなって思ったの」

ミカは暗い気分でうなずいた。秋穂が、励ますような目でミカを見た。

「とりあえず、きっぱり拒絶を続けてみたら？」

「してるつもりなんですけどねえ」

「ミカちゃんは、小柄で童顔だから、本気で怒ってるって分かりにくいのかも」

そんなものだろうか……。メイクが派手だと言われたり、童顔だと言われたり。何が悪いのか分からない。そもそも、こっちに落ち度なんかないと思うのだが……。

いつの間にか眉間にしわを寄せていた。両手の人差し指でしわを伸ばしていると、秋穂がミカの背を軽く叩《たた》いた。

「気晴らしに、飲みにでも行く？　かっこいいマスターのいるビストロがあるんだ」

気遣いはありがたいけど、そういうことじゃないと思いながら、ミカは首を横に振った。

2

その後も柿塚のセクハラは、ひどくなる一方だった。腰痛マッサージと称してお尻を触られるのは日常茶飯事だ。ミカが自分で自分の肩を叩いていると、肩甲骨のあたりを押してきたりもする。

触られるのが不快なのはもちろんだが、それ以上に辛かったのは、拒絶を繰り返しても、一向に状況が改善されないことだった。柿塚の行為が、強制わいせつと断言できるものならば、刑事告訴でもなんでもするのだが、そこまでとは言えないような気がする。おまけに、本人に悪気はないようなのだ。得意なマッサージを伝授しているつもりだったり、職場の雰囲気を明るくしているつもりだったり。

そういう相手に対し、怒り続ける徒労感といったらなかった。まるでモグラ叩きゲームのようでもあった。神経を張りつめ、全力でモグラの頭を叩いても、すぐに別の穴から、ひょっこり顔を出されては、げんなりするというものだ。

看護師長の野木には、再度相談してみた。

――おおごとにする気はない。自分の行為がセクハラに当たると理解してもらい、止《や》めてもらえればそれでいい。

そこまで譲歩したところ、野木は「分かった」と言ってうなずいた。しかし、問題解決のために動いてくれる様子はなかった。思い余って、看護部長にもメールで苦境を訴えたが、一週間経っても返信はない。

同僚に相談もできなかった。ミカは、腰痛を理由に夜勤から逃げたと思われている。愚痴をこぼしても、冷ややかな目で見られるばかりだろう。声をかけてくれるのも、面倒見のいい杉浦秋穂ぐらいだった。

ある夜、同居している母と弟に現状を打ち明けた。運送会社に事務員として三十年以上勤めている母の意見は明快だった。外部の人、例えば弁護士に助けを求めるべきだという。それが嫌なら、辞めたほうがいいとも言われた。

普段ほとんど話さない弟も、諸手《もろて》を挙げて母に賛成した。SEとして働き始めたばかりで薄給の身のくせに、「次の仕事が見つかるまで、姉ちゃんの分まで生活費を入れるから心配するな」と言われて、ちょっと涙が出た。

二人の意見はもっともだと思うものの、辞める決心はつかなかった。ミカは被害者である。辞めなければならない理由なんて、本来ないはずだ。

近所でアパート暮らしをしている兄に電話で相談したところ、母以上に明快な答えが返ってきた。「徹底的に戦え」である。兄は、「お前は舐《な》められやすいんだ」と言って、元ヤンの彼女を呼び出し、低い声の出し方と、ガンの飛ばし方をミカに伝授させた。

それらが役に立つかどうかは疑問だが、彼女には有益なアドバイスももらった。セクハラの加害者に、「やめてください」とお願いするのは、おかしいそうだ。「やめなさい」か「やめろ」で十分だという。もっともな話である。

次の日、性懲りもなく手を伸ばしてきた柿塚を「セクハラはやめなさい！」と一喝した。柿塚は驚いたように目を見張り、次の瞬間、腹を抱えるようにして笑い出した。

「君みたいな子どもに性的魅力なんか感じるわけがないじゃないか。セクハラなんてするものか。コミュニケーションだよ」

怒るのを通り越して脱力した。指摘する気にもなれなかったが、その発言自体がセクハラだ。

ミカの苛々は、どんどん募った。連動するように体調も悪くなっていった。朝、起きると胸に鉛の板が入っているようで、目の裏からこめかみにかけて鈍い痛みが常にあった。食欲も落ち始めた。大好物だった母お手製の海南鶏飯《ハイナンチーファン》を半分しか食べられなかったとき、母にそろそろ潮時だと言われた。

その翌日、外来が終わった後、柿塚がふざけて抱きついてきた。耳のあたりに、生暖かい息を感じた瞬間、ミカの中で、何かが音を立ててはじけた。

渾身《こんしん》の力で柿塚を突き飛ばすと、廊下を走ってエレベーターへ向かった。目指すは理事長室がある八階だ。この際、理事長にすべてをぶちまけるつもりだった。理事長が柿塚をかばうなら、ミカにも考えがあった。

部屋の前でしばらく息を整えると、指の第二関節でノックをした。

「どうぞ」

張りのある声が中から聞こえてくる。ミカは、息を詰めるようにしてドアを開けた。

応接セットに二人の男が座っていた。窓を背にして座っているのは、理事長の青島柳司だ。おでこを出した爽やかなヘアスタイルや、仕立てがよさそうな細身のスーツ、そして鋭い眼光は、医師というよりやり手のビジネスマン風だ。ミカの顔を見ると、意外そうに首を傾げた。

「ええっと、君は……」

「内科の外来にいる小泉ミカです」

ドアに背を向けていた男性が、振り向いてミカを見た。柔らかなウェーブのかかった髪をしており、明るいグリーンのニットを着ている。二重の大きな目が印象的だった。

ミカは続けた。

「理事長にお話ししたいことがあるんですが、お客さんでしたら……」

出直すと言おうとしたが、理事長は首を横に振った。

「構わないよ。こっちへ来て、かけなさい」

ウェーブヘアの男が理事長に抗議する。

「まだ話は終わってないよ」

「終わっただろ。さっきも言ったように、総合内科で内科全般をやるならいいけど、よろず相談なんて前時代的なことをメインにするのはダメだ」

「むしろ最先端なんだけどな。後で企画書を送るから読んでみて。よろず相談こそ総合内科のキモだって分かるはずだ」

男はそう言うと、立ち上がってミカのほうを見た。それまでソファの背に隠れていた男の下半身が視界に入り、ミカは目を見張った。十一月だというのに、ハーフパンツを穿《は》いている。仮に今が夏だとしても、理事長室を訪問するには、不適切な服装だ。いったい何者だろうと思っていると、男はニコニコしながらミカに手招きをした。

「こちらへどうぞ」

誰だろうと思いながら会釈をすると、男は軽く頭を下げた。

「自己紹介がまだだったね。僕は青島倫太郎。この病院の理事の一人です」

それを聞いて合点がいった。理事長には、二歳年上の兄がいると聞いていた。よく見ると、二人は雰囲気こそ全然違うが、すっきり通った鼻筋や、引き締まった口元が似ている。

「さあ、早くこちらへ。僕も一緒に話を聞こう」

倫太郎が再び手招きをする。理事長は、あからさまな迷惑顔だった。

「兄貴は関係ないだろ」

「ナースが理事長に直訴だなんて、よほどのことがあったんだろう。理事として聞いておきたい」

倫太郎は、物分かりがよさそうだ。それに、理事長とサシで話すより、第三者がいたほうがいいかもしれない。第三者がその場にいれば、訴えを握りつぶされるリスクが少なくなるはずだ。

ミカは一礼をすると、二人に歩み寄った。倫太郎の隣に腰を掛け、背筋を伸ばす。理事長の目をまっすぐに見ながら、訴えた。

「柿塚先生のセクハラに悩まされています。軽いボディタッチにすぎないといえばすぎないんですが、身体を触られるのは不愉快です」

理事長の顔が曇る。

「たまたま、手が当たったとかそういうことではないの?」

「柳司、口を挟むな」

倫太郎は鋭い声で言い、先を促した。ミカは触られた場所、回数などを淡々と説明した。

「あたし、いえ、私としては、どこかに訴えたいとかそういうわけじゃないんです。あれはセクハラだって理解してもらって、止めてもらえればそれで十分なんで」

理事長は、「分かった」と言ってうなずいた。苦虫を嚙《か》み潰すような表情だ。

「できるだけ早急に君を手術室に配属しよう。後で看護部長に言っておく。それでいいね?」

少し考えて首を横に振った。それでは、根本的な問題は残ったままだ。それに、理事長の一声で異動が実現したら、また同僚たちから「ズルい」と言われ、白い目で見られてしまう。

「後任のナースが次の犠牲者になったら意味がないと思うんですが」

「大丈夫。後任は、うるさ型のベテランにするから」

そういう問題ではない。どうして、分かってくれないのだろう。膝を前に乗り出し、理事長に頭を下げた。

「それより、理事長から柿塚先生に話をしてもらえませんか？」

悪気がなかったとしても、彼の行為はセクハラである。昭和の時代はともかく、現在では通用しないと分かってほしい。

理事長は両手を組み合わせ、膝の間に入れると、ため息をついた。

「大げさにしたくないんだ。柿塚先生はこの病院になくてはならない人だからね。それにほら、セクハラって女性の側の受け取り方次第ってところもあるんじゃないの？　好きな相手にされたら嬉《うれ》しい行為でも、嫌いな相手にされるとセクハラになるって聞いたことがあるけど」

「いや、それは……」

例えばデートの誘いだったら、柳司の言うようなことも起こりえるかもしれない。

しかし、恋人関係にあるわけでもない相手からのボディタッチは、話がまったく別である。仮に相手に好意を持っていたとしても、勝手に触られたら幻滅するだろう。

理事長は壁にかかった時計を見た。

「これから会議なんだ。異動の件は、今晩中に看護部長に言っておく。柿塚先生にも、それとなく注意をしておくから、それで勘弁してよ」

ミカは唇を引き結び、隣に座っている倫太郎を見た。倫太郎は目を閉じ、腕組みをしていた。まるでミカの視線を避けているようだ。

関わり合いになりたくないと言わんばかりの態度だ。さっきは、あんなに物分かりがいいことを言っていたのに、がっかりしてしまう。

「じゃあ、そういうことで」

理事長に促され、ミカは絶望的な気分で席を立った。

職員用の出入り口から外に出ると、ミカは空を見上げた。カシオペア座がくっきりと見えた。今夜は、空気が澄んでいるのかもしれない。

着替えている間に、ミカの気持ちは固まった。母が言っていた通りだ。話が通じない人を説得しようとしても、自分が疲弊するばかりだ。明日の朝一番に、看護部長に辞表を出そう。

心残りも、ないといえばない。理事長に直訴までしたのだ。自分なりに精一杯戦った。もう十分だろう。兄には、辞めると決めたら、まずは柿塚の横っ面をひっぱたけと言われているが、さすがにそこまでやる気はない。

門に向かって歩き始めたとき、背後で足音がした。振り返ると、倫太郎が小走りで近づいてきていた。ウールのショートコートを羽織っているが、ハーフパンツはそのままだ。寒風をまともに受けている膝小僧が寒そうだった。

倫太郎は両手をポケットに突っこんだまま、軽く頭を下げた。

「さっきは、申し訳なかったね」

会釈をしてその場を離れようとしたが、倫太郎はミカの横に並んで歩き始めた。

「柳司は、柿塚先生に頭が上がらないんだ。だとしても、セクハラを黙認するのは許されないよな。あなたが部屋を出た後、僕からも柳司にそう言ったんだけど……」

もはやどうでもよかった。黙っていると、倫太郎が尋ねた。

「辞めるつもり？」

「さあ」

「辞める必要なんかないよ。セクハラのほうを止めさせるから。あなたも言っていたように、放置すれば次の犠牲者が出てしまう。ただ、柳司にこれ以上何を言っても無駄だと思うんだ」

弟は自信家である。自分の決定を覆すことはまずない。それより、別の角度から攻めるのがいいと倫太郎は言った。

「僕に考えがある。一週間だけ待ってくれませんか」

そう言われ、さっきの決意が揺らいだ。

ミカだって、できるなら辞めたくないのだ。横目で倫太郎を見た。誠実そうな目が、まっすぐ見返してくる。

任せてみようと思った。たとえ裏切られたとしても、今さら自分が傷つくとも思えない。

「分かりました」と言うと、倫太郎はほっとしたように笑った。

「この後、時間はある？　お詫《わ》びとお礼を兼ねて、美味《おい》しいものを奢《おご》りたいんだ」

駅の向こう側にあるカフェに行こうと倫太郎は言った。

「穴場なんだ。料理は値段なりの味だけど、バナナのシフォンケーキが絶品でね。あのレベルのシフォンケーキは、銀座や青山を探してもみつからないと思うな」

ミカは思わず足を止めた。そのカフェなら休みの日に時々利用している。

「前にお店の人に聞いたんですが、フィリピンのナントカ島にある小さな農家でしか栽培していない貴重なバナナを使っているんですって」

倫太郎の顔に、パッと笑みが広がった。なんてかんじのいい笑顔だろう。まるで大輪の花が咲いたようだ。

「僕たち気が合うね」

倫太郎は、「行こう」と言うように、ミカの背中を軽く叩いた。倫太郎の顔を見上げ、微笑み返そうとして、はっとした。柳司に言われたことを思い出したのだ。

それに、倫太郎は病院側の人間だ。物分かりがいいようなことを言っているが、ミカの味方と決まったわけではない。

「遠慮しておきます。家で母が食事を作って待ってるし」

小声で言うと、逃げるように、足を速めた。


その日最後の患者は、糖尿病の治療で通院している吉住幸之助《よしずみこうのすけ》という話好きの老人だった。三十年近く前、心臓発作で倒れた際に前理事長の手術で命拾いをして以来、この病院をかかりつけにしている。ふわふわとした白髪が、ピンク色の肌によく映えていた。首元に飾っているループタイの金具に当たる部分は、鼈甲《べっこう》製だ。

吉住はかつて人権派の弁護士だったそうだ。先週受診した際、さんざん自慢話や武勇伝を聞かされた。今日も診察用のスツールに座るなり、機関銃のようにしゃべり始めた。要約すると、身体の節々が痛いようだ。耳が遠いようで、やたらと声が大きかった。

柿塚は、神妙な顔つきで相槌《あいづち》を打っていたが、明らかに苛立っていた。ミカも、ややうんざりしていた。

吉住は熱もなく、具合が悪いようにはまったく見えなかった。そもそも、先週、薬を三週間分出している。受付終了間際に、「どうしても」と言って駆け込んできたのだが、正直なところ、何のために受診したのか、いまひとつ分からない。

話が途切れるのを待ちかねていたように、柿塚が口を開いた。

「さっきも言いましたが、特に変わりはないようです。今の薬でしばらく様子を見てください」

吉住は照れたように笑った。自分がしゃべりすぎたと気づいたようだ。

「失敬、失敬。まあ、ワタシも年だからねえ。あれこれ身体に不満はありますが、どんな薬を飲んだって、若いころのようにシャキッとはしないんでしょうな。先生の貴重なお時間を取らせてしまって、申し訳ない」

柿塚は髪をかきあげ、首をやや傾げて微笑んだ。いつものポーズだ。

「何をおっしゃいますやら。先生は、まだまだお若いですよ。人生百年時代と言いますしね」

「先生はよしてくださいよ」と言いながらも、吉住は上機嫌で腰を上げた。

ドアを開け放ったまま、片づけを始めようとしたところ、柿塚がミカを呼んだ。

「小泉君、悪いんだけど、ちょっとまた手伝って。入力がうまくいかないんだ」

今日も来たかと思いながら、首を小さく横に振る。

柿塚は眉を上げ、首を傾げると苦笑した。

「また変なことを考えてる？　だとしたら、誤解だよ。小泉君に対して、下心なんてありません。さあ、早く頼む。入力が終わらないと、外来は閉じられないんだからね」

柿塚のそばに寄った。隣に立って、モニターの画面をのぞき込む。

「ここなんだけどね……」

生暖かい手が腰のあたりに伸びてくる。

なぜこうなるのだ。もううんざりだ。倫太郎が口にした期限まであと二日あるが、もはや我慢の限界だった。

この際、兄の助言に従うのも悪くない。右手を振り上げかけたときだ。背後から、大きく鋭い声が響いた。

「やめなさい！」

自分に向けられた言葉かと思ったのだが、そうではないようだ。ミカの腰に添えられていた柿塚の手が、素早く引っ込んだ。

振り向くと、入り口に吉住が仁王立ちをしていた。怒りのせいか、顔が真っ赤だ。

「内科部長がセクハラだなんて、恥知らずにもほどがある。看護師さんが嫌がってるじゃないか。そうだろう？」

戸惑いながらも、ミカは何度もうなずいた。柿塚は、いつの間にか腰を浮かせている。

「先生、誤解です」

吉住は柿塚をにらみつけると、手に持っていた杖《つえ》の先を柿塚に向けた。

「ごまかせると思うなよ。ワタシは、痩せても枯れても、人権派だ」

吉住の声は、途方もなく大きい。何事かと足を止め、診察室をのぞき込む人が現れた。柿塚は顔色をなくし、髪の毛をしきりにかきあげている。

騒ぎを聞きつけたのか、看護師長の野木が現れた。何かあったのかと吉住に尋ねる。

吉住は振り上げていた杖を下ろし、野木に向き直った。

「忘れ物を取りに診察室に戻ったら、柿塚先生がセクハラを働いている現場を見てしまってね」

野木は頬を引きつらせると、すがるような目でミカを見た。ミカが誤解だと言えば、この場は収まるかもしれないが、その気はまったくない。ミカはさっと視線をそらした。野木の顔が歪《ゆが》むのが横目で見えたが、構うものか。

吉住は厳かな声で野木に命じた。

「理事長を呼びなさい。弁護士の吉住だと言えばすぐに分かる」

「えっ、でも……」

「ワタシは前の理事長とは、個人的に交遊があったんだ。何度も自宅に招待された。今の理事長が中学生のころには、将棋の相手もしてやったんだ」

野木は目を泳がせながら、柿塚を見た。背中を丸めて椅子に座っている柿塚は、観念したのか一言も発しない。吉住が焦《じ》れたように声を荒らげた。

「呼ぶ気がないなら、私が理事長室に出向こうか」

野木がはじかれたように背筋を伸ばす。

「すぐに呼んでまいります」

あたふたと出ていく野木と入れ替わるように、戸口から青島倫太郎が顔を出した。倫太郎はミカと目が合うとさっと片目をつぶり、何食わぬ顔で歩み去った。

それでようやく分かった。診察室に忘れ物をしたなんて嘘だ。吉住は、セクハラの現場を押さえるために、診察室に戻ってきたのだ。倫太郎から依頼を受けて。

ミカは、診察用のスツールに腰を下ろしている吉住を見た。両手で杖を床に突き立て、背筋をそっくり返らせている。ピンク色の肌がつやつやとしていた。大きな仕事を終えたような、生き生きとした表情だ。

吉住の話から察するに、倫太郎も吉住と顔見知りのはずだった。倫太郎は、吉住がこの病院に通院中だと知り、連絡を取ったのだろう。「セクハラの現場を押さえ、加害者を処分したい」と言えば、人権派のこの老人が協力を惜しむはずがない。

廊下に足音が響き、苦り切った顔の理事長が入ってきた。吉住が片手をあげる。

「柳司君、久しぶりだな」

「この度はどうも……」

悪夢のような日々がようやく終わる。しかも、こんなにあっけなく。

頰が緩みそうになったが、ミカは気を引き締めた。ここで終わりではない。着地のさせかたこそ肝心だ。

3

柿塚は理事長から厳重注意を受けた。また、本人の申し出により、三か月間、十パーセントの減俸処分となった。柿塚の外来は当面の間、野木が担当することになり、ミカは手術室への異動を告げられた。

処分が決まった日、柿塚はミカに直接謝罪をしたいと吉住を通じて申し入れてきた。吉住に同席してもらったうえで、会うことにした。

院内の応接室に高級チョコレートの大箱持参で現れた柿塚は、目が落ちくぼみ、頰がそげていた。深く一礼すると、ミカの目をまっすぐ見て謝罪の言葉を述べた。

「私の非常識かつ非礼な行為により、小泉さんを深く傷つけてしまいました。原因は私のセクハラに関する知識のなさ、小泉さんをはじめとする看護師さんに対する敬意の欠如、そして私の慢心に起因するもので、弁明の余地もありません」

治療等にかかった実費があればもちろん払う。また、精神的な損害を慰謝するため、賠償をしたいと柿塚は言った。

準備した文面を諳《そら》んじているような不自然さはあったものの、憔悴しきっているのは、その目の色から分かった。ミカは、柿塚の謝罪を受け入れ、慰謝料等は不要だと伝えた。

一連の出来事は、院内で噂《うわさ》にはなっていたが、公表されなかった。吉住には甘すぎると指摘されたが、ミカは事を大きくするつもりはなかった。柿塚は、患者に人気があるところを見ても分かるように、悪い人間ではないし、医師としての実力は確かだ。古い価値観をアップデートする機会に恵まれなかっただけなのだ。反省して態度を改めてもらえれば、ミカとしては、忘れるつもりだった。

その週末、弟が慰労会をしてくれるというので、一家四人で近所の焼き肉店に繰り出し、大いに飲み食いした。母と弟は、一番良い形で決着したと喜んでくれた。兄だけは納得できない様子で、「今からでも遅くないから慰謝料をもらうべきだ。問い合わせてみる」と言った。酔った勢いで、その場で病院に電話をかけたのには、さすがに参った。「慰謝料の件で話をしたい。理事長を出せ」と息巻く兄の手からなんとかスマートフォンを奪い取り、電話口の事務員に平謝りした。幸運なことに、その事務員は顔見知りの中年女性だった。ミカのほうから頼む前に、この電話を受けたことは、誰にも言わないと約束してくれた。信頼のおけそうな人が電話を受けてくれて、本当に助かった。

いつしか年末になり街に電飾が灯《とも》り、クリスマスソングが流れ始めたが、そんなものには目もくれず、ミカはがむしゃらに働いた。手術室の仕事は、外来や病棟の仕事より、ミカの性に合うようだった。執刀医にメスなどの道具を渡す際にも気遣いは必要だ。しかし、病棟や外来のように、他人の気持ちを察する必要はなく、のびのびと働けた。

そんなある日の夕方、ミカは大きな手術の介助を無事に終え、一緒のチームだった杉浦秋穂と休憩室で雑談をしていた。秋穂はセクハラが始まったころから、ずっとミカを気にかけてくれていた数少ない先輩だ。彼女にだけは、一連の出来事を包み隠さず打ち明けてあった。

いきなりドアが乱暴に押し開けられた。立っていたのは、看護師長の野木である。

細い身体に怒りをみなぎらせながら野木は言った。

「小泉さん、理事長が呼んでる。あなた、やりすぎたわね」

「えっと、何の話ですか？」

野木は、顎を引き、金属フレームの眼鏡の位置を直しながら、にらみつけてきた。

「柿塚先生が、病院を辞めるんですって」

ミカのせいだと言いたいようだが、状況が分からなかった。茫然《ぼうぜん》としていると、秋穂が代わりに聞いてくれた。

「何があったんですか」

野木は憎々しげにミカを一瞥《いちべつ》すると、話し始めた。

昨日、柿塚の自宅に封書が届いた。差出人の欄に「セクハラ被害者」と記載があったのを見て驚いた柿塚の妻は、夫が帰宅する前に、封を切って中身を見た。中には、ワープロ書きの手紙が入っていた。柿塚から受けたというセクハラの内容が事細かに記載してあり、最後にこうあった。

――先生の顔を見る度に、フラッシュバックに襲われます。すぐに病院を辞めてください。さもなければ、先生を傷害罪で訴えます。

それを読んだ妻は、軽いパニックを起こした。柿塚は、セクハラ騒動について妻に打ち明けていなかったのだ。

急遽《きゅうきょ》自宅に呼び戻された柿塚は、騒動を起こした事実は認めたものの、終わったことだと妻に説明した。そのうえで、吉住弁護士に連絡を取ろうとした。なぜ今になってミカがそんなことを言い出したのか、分からなかったのだ。

しかし、妻は被害者を刺激するようなことはせず、辞表を出せの一点張りだった。というのも、柿塚の一人娘の縁談が進行中だったのだ。相手は、体面を気にする高級官僚である。

妻と娘の二人から、涙ながらに病院を辞めてほしいと懇願され、柿塚は折れた。柿塚は実績のある人気医師である。青島総合病院にどうしても居続けなければならない理由もなかったのだ。

今日の昼休み、柿塚は淡々とした表情で、理事長に辞意を告げた。理事長は全力で慰留をしたが、柿塚の決意は固かったそうだ。

「あなた、私におおごとにする気はないって言ってたわよね。なのに、なんで?」

「だから、あたしじゃありませんって」

「柿塚先生の悪ふざけに目くじらを立てていたのは、あなたともう一人だけ。その人は去年辞めたから、あなたしかいないでしょう。それに、脅迫はお家芸なんじゃないの?」

「どういう意味ですか?」

「あなたの親族が、慰謝料を出せって病院に電話をかけてきたそうじゃない。噂になってるわよ」

勝ち誇るように言われ、ミカの顔から血の気が引いていった。

兄の行為に問題があったのは認める。でも、それとこれとを関連付けられるのは、心外だった。そもそも野木はなぜ兄が脅迫まがいの電話を病院にかけたと知っているのだろう。電話を受けた事務員の女性は、誰にも言わないと固く約束してくれたのに……。

次の瞬間、思い出した。兄の問題行為について打ち明けた相手が、院内に一人だけいた。ミカは、隣に座っている秋穂に視線を向けた。

「秋穂さん、もしかして……」

「えっ、何？」

秋穂は、不自然なまでに、ミカの目を見ようとしなかった。自分が噂をまき散らしたと白状したも同然である。

激しい怒りが湧き上がってきた。親身になって話を聞いてくれるから、信用してあれこれ打ち明けたのだ。こんなふうに、裏切られるなんて、思ってもみなかった。ひょっとすると、問題の手紙の差出人も秋穂だったりしないだろうか。彼女も、柿塚からセクハラを受けたようなことを言っていた。

そこまで考えたところで、はっとした。悲しみと後悔が胸に広がる。息が苦しいぐらいだ。

ミカは立ち上がった。一刻も早くこの場を立ち去りたかった。野木がまだ何か言っていたが、何も耳に入らなかった。

ミカはその日のうちに、辞表を提出した。

理事長には兄の非礼を詫びた後、脅迫状の差出人は自分ではないと訴えた。理事長は「証拠はない。責めるつもりもない」と口では言いながら、目で「辞めてくれ」と訴えていた。理事長を説得する気はなかったので、これまでだと思いながら理事長室を退出し、その足で看護部長のもとへ向かったのだ。

職員用の出入り口から外に出ると、タイミングを見計らっていたかのように、ミカのスマートフォンが鳴った。液晶画面に知らない番号が表示されている。知らない相手からの電話には出ない主義だが、関係者かもしれないと思い、通話ボタンを押した。

「つながってよかった。青島倫太郎です。病院を辞めるんだって？」

放っておいてくれと言おうとしたが、倫太郎はその隙を与えてはくれなかった。

「この前話した駅の向こう側のカフェ。バナナケーキが美味しいところ。あそこでこれから会えませんか」

断ろうとしたが、待っていると言って、倫太郎は電話を切った。

久しぶりに足を踏み入れたそのカフェは、思いのほか盛況で、もはや穴場とは言えないようだった。ほぼ全員がバナナのシフォンケーキを食べているようだ。

倫太郎は席についていた。なんとなく想像がついていたのだが、今日もハーフパンツ姿だ。客は彼以外全員女性だが、気後れする様子もなく、ゆったりとカップを口に運んでいる。ミカと目が合うと、柔らかく笑って左手をあげた。

ミカが注文したバナナケーキと紅茶が運ばれてくると、倫太郎は切り出した。

「急に呼び出して悪かった。でも、辞表が正式に受理される前がいいと思って」

脅迫状の差出人は別にいると柳司に話すと倫太郎は言った。

「えっ、あたし、じゃなくて私を信じてくれるんですか？」

「あなたのすべてを知ってるわけじゃない。でも、あなたがお世話になった吉住先生の顔に泥を塗るような人じゃないことぐらいは分かる。吉住先生も、そう言ってる。あなたが辞表を撤回したいなら、口添えをしてくれるそうだ」

倫太郎は、イチゴ模様の紙ナプキンで口元を拭くと言った。

「手紙を出したのは、柿塚先生に対する処分が軽すぎると感じた別の被害者だろうね。気にしていないように見える人ほど、実は深く傷ついていたりするから」

ミカは驚いていた。まったく同じことを考えていたからだ。ケーキをフォークで切り、口に運んだ。濃厚なバナナの香りと、果糖の優しい味が口いっぱいに広がる。やっぱり、ここのケーキは最高だ。

手紙を出したのは、秋穂だろうと思う。でも、それが誰であろうと、責める気持ちはなかった。その人もセクハラの被害者である。ミカより潔癖な性格で、ミカより深く傷ついていたのかもしれない。もしそうなら、ミカの柿塚に対する対応を生ぬるい、許せないと感じたのも当然だ。

「だとしても、あなたが濡れ衣を着る必要はないんじゃない？」

「そうかもしれません。でも、もういいんです。正直なところ、疲れちゃったし」

仮に本当の差出人が判明したとしても、腰痛を理由に異動を願い出たことから始まったこの騒動を上司や同僚たちがこの先きれいさっぱり忘れることはないだろう。トラブルメーカーとして、腫れ物に触るような扱いを受け続けるぐらいなら、心機一転、新しい職場で出直したほうがいい。

ミカは笑みを浮かべた。

「というわけで、辞表を撤回する気はありません。でも、気にかけてくれてありがとうございます」

「うん、分かった」

倫太郎は、バナナケーキの最後の一片を口に放り込む。恍惚《こうこつ》としたような表情でそれを飲み込み、紅茶で口を湿らせる。カップをソーサーにそっと戻すと、倫太郎は言った。

「だったら、僕のクリニックで働かない？」

唐突な申し出に面食らった。何をどう質問しようか迷っていると、倫太郎は説明を始めた。

病棟の北側に、雑木林が広がっている。その中に、古い平屋がある。この病院の創業者に当たる大叔父、青島昇《のぼる》が戦後間もない時期に開設した診療所だ。何十年も使われておらず、ほとんど廃屋と化しているが、そこに手を入れて来春、私設クリニックを開く。

「大学病院に勤めていたんじゃなかったでしたっけ」

「とっくに辞めた。というか、実は年明けから青島病院の内科で働く予定だったんだ。なのに、柳司と意見が合わなくてね。しようがないから、自分で自分のやりたいようにやることにしたんだ」

クリニックには、総合内科という看板を掲げるが、実体は医療に特化したよろず相談所だと倫太郎は言った。

「柳司は、古臭い、くだらない、儲《もう》からないと言うけど、僕はそうは思わない。意義もニーズもあるはずだ」

患者は、医者に聞きたいことが山ほどある。自分の病状だったり、検査結果の見方であったり。でも、今の医療現場では、それは難しい。とにかく時間が足りないのだ。以前勤めていた大学病院は、悪名高い三分診療が当たり前だったし、青島総合病院でも似たような状況だ。じっくり相談を受ける場が、今の日本の医療現場には不可欠だ。

「検査をして、病名をつけ、薬を処方したり手術を勧める。それはそれで必要なことだけど、それだけでは足りない」

病気ではなくて、人と向き合いたいと倫太郎は言った。

「患者さんの中には、頭が固くて困った人もいる。滑稽《こっけい》なほどの心配性もいる。そして家族の方も患者さんとどう接したらいいか悩みを抱えているケースも多い。でも、みんな真剣だ。そういう人たちと、正面から向き合って話しているうちに、いろんなものが見えてくる。その積み重ねが、医者としての財産になると僕は思ってる。看護師としての財産にもなると思う。給料は、今より悪くなるかもしれないけど……」

熱っぽい口調で倫太郎は話を続けた。

温かいものがミカの胸に広がる。そういう発想は、これまでなかった。でも、大事なことだというのは分かる。

外来で働いたのはわずかな期間だが、その間にも、話し足りなそうな、不安そうな顔で診察室を後にする患者や家族は何人もいた。

それに、倫太郎と働いたら、楽しいかもしれない。身なりは変わっているけれど、言動はこれ以上ないほどまともだ。自分の目の前に、新しい世界が広がるかもしれないという予感もある。

とはいえ、不安もあった。

「私も患者さんの相手をするんですか？」

「そう。でも難しいことは何もないよ。あなたが真面目《まじめ》で思いやりがある人なのは、よく分かってる。自由にやってもらって構わない。患者さんにも僕にも思ったままのことを言ってほしい。飾らず自分の言葉でね」

真面目で思いやりがあるなんて言われたのは初めてだ。照れくさいのをごまかしたくて、ミカは茶化した。

「自由って、例えばメイクも服装もですか？」

「もちろんだよ」

倫太郎はテーブルの下で膝のあたりを叩いた。

「僕もこの上に白衣を羽織るだけにするつもりだ」

なぜそこまでハーフパンツにこだわるのだろう。よく分からない人だ。でも、そこがいいと思いながら、ミカはうなずいた。そして思った。オレンジ色のナース服なんてどうだろう。一番好きな色だ。子どものころ、レスキュー隊に憧れていた。彼らの制服みたいな色の特注ナース服を作るのだ。はじけた色の服を着ることで、気分を刷新したかった。

＊　＊　＊

あれから、まだたいして経っていないのに、ずいぶん前の出来事のようだ。倫太郎と一緒に働くようになって、自分は変わったと思う。あるいは、本来の自分を取り戻したと言うべきか。一連の事件であれこれ周囲に言われ、すっかり自信を失っていたが、元々ミカは奔放な性質だ。総合内科の仕事に、やりがいも感じていた。世の中には、ちょっとしたボタンの掛け違いや、人間関係のこじれが原因で、悩んだり苦しんだりしている人たちが、大勢いる。かつてのミカ自身のように。そういう人たちの助けになれたら、これほど嬉しいことはない。

作業を終えた倫太郎は、四苦八苦しながら、はがしたテープをごみ袋に押し込んでいた。不器用な手つきで袋の口を閉じると、大きく息を吐く。

「お疲れさまでした」

ミカが声をかけると、倫太郎は、頭に巻いていたタオルをほどきながらうなずいた。

鼻の頭に噴き出した汗をぬぐいながら言う。

「明日も頼むよ」

「もちろんです。患者さんが来たらラッキーだし、来なくたって、修理の仕事はあるわけだし」

「そういうこと」

倫太郎は明るく言うと、頬をこすった。白い塗料が指についていたようだ。倫太郎の頬に、猫の髭《ひげ》のような三本線がついていた。

理想のパートナー

1

石田葉菜《いしだはな》が婚約者の松野健斗《まつのけんと》とともに安房鴨川《あわかもがわ》駅のホームに降り立ったのは、午後二時過ぎだった。東京駅を出発してから、二時間弱である。

「特急を使ったのに意外とかかったね」

改札口に向かって歩きながら言うと、健斗は苦笑いを浮かべた。

「総武線の快速と外房線を乗り継ぐと、あと四十分はかかるよ。車でも特急と同じくらいかな」

「そうなんだ」

健斗の実家へのアクセスがあまりよくないのは、たぶん幸運だ。高校時代の親友は、週末ごとに姑《しゅうとめ》が孫の顔を見に来たがるとぼやいていた。その一方で、距離自体はさほど離れていないのも幸運だ。何かあったときに駆けつけられるのは心強い。

いよいよだなと思いながら、隣を歩く健斗を見た。

今日の健斗は、カットソー素材を使った紺のジャケットにギンガムチェックのシャツを合わせ、明るいベージュのパンツに白いスニーカーを履いている。カジュアルなのにどこか垢抜《あかぬ》けており、華やかさもあって素敵だ。

葉菜は新調したシャツワンピースの襟元を直した。清楚《せいそ》さを心掛けたのだが、健斗の家族に地味すぎると思われないか不安だった。健斗の実家は戦前、房総半島南部で有数の網元だったそうで、現在も大きな水産加工会社を経営している。

改札を出ると、飄々《ひょうひょう》とした感じの男が葉菜たちに向かって手を振っていた。襟ぐりがのびたTシャツを着て、首から手ぬぐいをぶら下げている。男は顔をくしゃくしゃにして笑っていた。

「兄貴の佑司《ゆうじ》だ」

社長だというから、もったいぶった田舎紳士を想像していたのだが、正反対の気取らないタイプのようでほっとした。

未来の義兄は、手ぬぐいで額の汗をぬぐうと、しゃっちょこばった様子で葉菜に向かってお辞儀をする。葉菜も慌てて頭を下げた。

「初めまして。石田葉菜と申します」

佑司は鼻の下を指でこすると、照れくさそうに笑った。

「遠いところをご苦労さん。女房と姉貴がごちそう作って待ってるから急ごう」

健斗は弁理士である。大まかに言えば、特許の申請手続きなどを行う仕事だそうだ。知人と共同経営している都内の国際特許事務所は羽振りがいいようで、年収は千五百万円を超えている。三年前に購入したというウォーターフロントのタワーマンションの部屋は、広々としたリビングの巨大な窓から夜景が見える3LDKである。両親はすでに他界しており末っ子次男だから、家業を継げと言われる可能性も限りなく低い。そのうえ、ルックスは爽やかだ。

出会いは去年の夏。葉菜はそれまでフレンチビストロの料理人と二年ほど同棲《どうせい》していたが、給料も安く将来性も見えないので、別れたタイミングだった。友人に誘われて行った何度めかの婚活パーティーで声をかけられた。自己紹介シートを流し読みして驚いた。婚活市場における超優良物件だったからだ。自分に釣り合う相手ではないと思ったのだが、健斗はいろいろ質問をしてきた。見栄を張ろうかとも思ったがバレても意味がないのでほぼ正直に答えた。

葉菜は短大を出た後、中堅住宅メーカーに入社したものの、展示場での接客が性に合わなくて半年で辞めた。その後二年間はアルバイト生活だった。現在は一人暮らしで、小さなアクセサリー製造販売会社で事務職をしている。

特筆すべき趣味や特技はない。自己紹介シートには、ズレているのを承知で「健康には自信があります」と書いた。実家は絵にかいたような中流サラリーマン家庭である。料理人と同棲していたのは伏せておいた。

数日後、パーティー運営会社を通じて、二人で会いたいという連絡が来た。三度めのデートで結婚を前提とした交際を申し込まれた。どこが気に入ったのか尋ねると、健斗は少し考えた後、「普通なところ」と答えた。一緒にいるとほっとするそうだ。なるほど、そういうこともあるのかととりあえず納得し、健斗の申し出を受け入れた。

付き合ってみると、健斗は穏やかな性格だった。堅実でもあった。ややそっけないのが玉に瑕《きず》だが、葉菜は健斗が気に入った。以前の同棲相手に抱いていたような恋愛感情は正直なところなかったが、一緒にいると安心感があるのだ。

交際期間が半年を過ぎたころ、ついに健斗からプロポーズされた。葉菜は二つ返事で承諾した。

自分の幸運が信じられなかった。健斗は専業主婦になりたいという葉菜の夢を叶《かな》えてくれた。それだけでも嬉《うれ》しかったが、葉菜にはもう一つ夢があった。こちらのほうは、叶ったらいいな程度の淡い夢だが、健斗の経済力があれば、現実のものになるかもしれない。

三人を乗せた社用のライトバンはいつしか住宅街に入っていた。助手席の健斗が振り返った。

「着いたよ」

威風堂々とした和風家屋を指さす。黒い屋根瓦が厳《いか》めしい印象だ。門から玄関まで、十メートルはありそうだ。門を入ってすぐのところには昔ながらの蔵まである。

佑司の身なりや態度から、想像していたより庶民的な家なのだろうと高をくくっていたのだが、やはりそれなりの名士の家に見える。他の親族は佑司ほど気さくではないかもしれない。再び緊張がこみ上げてくる。

車の音を聞きつけたのか、玄関のドアが開き、女性が出てきた。会釈をしようとして、葉菜はギョッとした。かなりの巨体だったのだ。

小花模様のチュニックの袖から、平均的な女性の太ももぐらいはありそうな二の腕がニョキッと突き出している。バレーボールのような乳房と、米袋のような腹が見るからに重そうだ。頬は空気でも入っているのかと思うほど膨らんでいた。

初対面の相手を凝視したら失礼だ。そう思っても、女性から目を離すことができなかった。

体形に似合わず、女性の足取りは軽やかだった。陽気そうな人でもあった。大口を開けて笑いながら、車の中にいる葉菜に向かって両手を盛んに振っている。

他人の容姿をどうこう言うのがマナー違反なのは、理解している。葉菜も若いころ、痩せぎすで手足の長い体形を揶揄《やゆ》され、散々嫌な思いをした。

でもあの体形では……。

女性に会釈をしながら、膝の上で手を握り合わせる。

彼女は佑司の妻だろうか。そうであってほしいと葉菜は祈った。

健斗が呆《あき》れたように言った。

「しばらく見ないうちに、また巨大化したんじゃないか？」

佑司がハンドブレーキをキュッと引く。

「姉貴は一生成長期だな」


次の週末、健斗が都下にある葉菜の実家へ挨拶に来た。両親は健斗と会うまでは、それなりに不安もあったようだが、落ち着いた物腰を見て安心したようだ。結婚式も披露宴もしないことについてはやや不満なようだったが、今どきはそういうものかと、最終的には納得してくれた。

新居は健斗のマンションの予定で、家電や家具の買い替えを順次進めている。親族のみの食事会を横浜のホテルで開き、大安の日に入籍と引っ越しをするというスケジュールが決まった。

しばらくして、注文してあった婚約指輪が出来上がった。幸せの絶頂にあってもいいはずなのに、葉菜の気分は今一つ盛り上がらなかった。

松野家は肥満しやすい体質の家系ではないだろうか。もしそうだったら、健斗と自分の間に娘が産まれたとしても、その体質が受け継がれる可能性がある。肥満体質を受け継いでしまったら、葉菜のもう一つの夢は叶わない。

――素敵な人と結婚し、希望していた専業主婦になれるのだ。それだけでも十分すぎるほど幸せじゃない。

そう自分に言い聞かせても、気持ちはどんよりするばかりだった。

誰かに話を聞いてもらいたくなって、金曜の夜、高校時代からの親友、東海林夏子《しょうじなつこ》に電話をかけた。五年前に結婚した一児の母である。

「今、電話してても大丈夫？」

「グッドタイミング。ちょうど息子が寝付いたところなの。旦那はあと一時間は帰らないし」

入籍の日取りが決まったと報告すると、夏子は大いに喜んでくれた。

「おめでとう。式や披露宴は？」

「私も彼もあまり派手なことは好きじゃないから、式も披露宴もやらないことにしたんだ」

「そうなんだ。でも葉菜らしいよ」

「うん……」

どこか葉菜の声が暗かったせいか、夏子は、何かあったのかと尋ねた。

「昔話したよね。結婚して娘が産まれたら、バレリーナにさせたいって」

「何度も聞いた。お祖母《ばあ》さんがバレリーナだったんだっけ。葉菜も怪我《けが》さえしなければ、もしかしたらって」

父方の祖母はプリマでこそなかったが、プロとして舞台に立っていた。祖父母の援助を受けて幼少からバレエを習っていた葉菜も、中学二年のときに脚に大怪我をするまでは、国内有数のバレエ学校の特待生だった。

「その夢なんだけどね……。諦めなきゃならないかもしれないんだ」

夏子はしばらく絶句していたが小声でそっと聞いた。

「子どもができにくいって分かったとか？」

「そうじゃなくて、健斗さんのお姉さんが、その……。かなり太ってるのよ。松野家は太りやすい家系なのかも」

バレエが盛んなロシアでは、子どもに英才教育をするかどうか決める際、母はもちろん祖母の体形まで調べると聞いたことがある。義姉となる紀美子《きみこ》は、将来産まれる子の伯母に当たる。母や祖母ほど血のつながりは濃くないが、無関係とは言えないはずだ。健斗の姉は、裏表のなさそうないい人だった。親戚づきあいをするのには、理想的な女性だろう。何度も自分にそう言い聞かせているのだが、正直なところ、割り切れない思いが残っている。

そう言うと、夏子は困惑するように言った。

「三代前まで気にするなんて、競走馬みたいだね。なんだか気味が悪い」

失礼なことを言うものだ。反論しようと思ったが、その前に夏子が言った。

「それに心配しすぎだよ。健斗さんはシュッとしてるもの」

「うん。大食いなのに痩せてる」

「ほかの血縁者はどうだった？」

「お兄さんは普通体形。写真で見たご両親もどちらかと言えば痩せてたかな」

「じゃあ、お姉さんがたまたま太ってるだけでしょ」

軽くいなされ、カチンときた。

「バレリーナになるには、幼少時からバレエ漬けの生活を送る必要があるの。勉強や友だち付き合いを犠牲にして打ち込んでも、太ったら全部無駄になるんだよ。太りやすい体質の子に、バレエを習わせたくないの」

「体形なんて関係ないよ。本人がバレエが好きなら習わせればいいじゃない。バレエをやる目的はバレリーナになることだけじゃないでしょ」

夏子は何も分かっていない。

「それじゃ意味がないのよ！」

夏子は数秒間押し黙った後、尋ねた。

「まさかとは思うけど、それで結婚を迷ってるの？　だとしたら、あり得ないよ。産まれてもいない娘の体形を気にして、理想的な結婚を棒に振るなんて」

「頭ではそうだって私も分かってる。でも、モヤモヤするのよ」

夏子はため息をつき、「マリッジブルーかもしれないね」と言った。

「そんなに気になるなら、健斗さんに肥満遺伝子の検査を受けてもらったら？　詳しいわけじゃないんだけどね。雑誌の特集か何かで読んだことがあるんだ」

遺伝子を調べれば肥満しやすい体質かどうか判定できるはずだと夏子は言った。費用は数千円程度から数万円といったところで、検査機関によっては、郵送で検体を送れば結果が送り返されてくるという。

「検査で健斗さんが肥満体質じゃないって証明されたら、安心できるでしょ」

「逆の結果が出たとしたら？」

「三十代半ばにもなって痩せてる人が肥満体質なわけがないよ」

そうだとしても、いざ実行するとなると、ハードルが高い気がする。肥満遺伝子検査を受けてほしいなんて言ったら、健斗が気を悪くしそうで心配でもある。

「そこは方便を使うのよ。結婚後の献立作りの参考になりそうだから、二人で一緒に受けようって誘うとか」

方便とはオブラートに包んだ嘘《うそ》である。多少後ろめたくはあるが、それなら健斗も承諾してくれそうだ。

夏子が驚いたような声をあげた。

「ああ、もうこんな時間！　そろそろ旦那のご飯の支度をしなくちゃ」

話を聞いてくれたお礼を言って葉菜は電話を切った。

2

土曜日の朝、葉菜はヘアサロンの予約をキャンセルして、実家の近くにある青島《あおしま》総合病院に出かけた。前日の夜、そこの総合内科で医療の悩み相談を受け付けていると母から電話で聞いたからだ。

母の通っているテニススクールの女性コーチが、そこの医師を絶賛していたそうだ。自由診療で安くはないが、初回は格安だと聞いて、行ってみる気になった。母によると、総合内科は病院の敷地内にある雑木林の奥にあるそうだ。病院の正式な部門ではなく、病院の受付で場所を尋ねても教えてもらえないのだという。何だか怪しい気もするが、悩みを解決してくれそうな人は他に心当たりがない。

夏子との電話のあと、ネットで調べたところ、肥満遺伝子検査サービスを提供している業者はすぐに見つかった。申し込みをすると、検査キットが郵送されてくるという。キットに含まれる器具を使って頬の粘膜を採取して返送すると、ひと月ほどで検査結果が郵送されてくる仕組みだ。料金も三千円弱と手頃だったので、早速、クレジットカード払いで二人分のキットを注文した。

ところが、その直後、検査についての口コミサイトを見つけてしまった。それによると、肥満遺伝子検査は占いに毛が生えた程度だという。知りたいことがまったく分からないと憤慨している人もいた。

その程度のものならば、方便を使ってまで健斗に受けてもらうのは考えものである。結果に一喜一憂するのもバカバカしい。

口コミサイトには「自分の体質が分かり、大いに役立った」というコメントも複数あった。肥満にはいろんなタイプがあり、タイプごとにダイエット法も変わるのだとか。面白そうではあるが、葉菜が知りたいのはズバリ、健斗が肥満体質かどうかである。この検査でそれが分かるのかどうか。専門家の意見を聞いてみたい。

青島総合病院を訪れるのは初めてだった。

家を出るときから空が暗かったのだが、ついに小雨が降り出した。門を入ってすぐのところにあった構内案内図をスマートフォンのカメラで撮影すると、葉菜は敷地内を探索し始めた。

まずは雑木林の中を巡る遊歩道を歩いてみることにした。傘を差し、薄暗い林の中をたった一人で歩くのは、気持ちのいいものではなかった。蛇でも出てきたら悲鳴を上げてしまいそうだ。

遊歩道を一回りしても、それらしい建物は見当たらなかった。遊歩道の入り口に引き返し、辺りを見回す。塀際に細い砂利道があるのが見えた。さっきは気づかなかったのだが、足元に小さな標識が出ている。近づくと総合内科という文字と矢印が読み取れた。葉菜は傘を持ち直し、早足で歩きだした。

砂利道を進んでいくと、オンボロという言葉がぴったりの平屋が見えてきた。まさかとは思うが、あの建物が目指す場所なのだろうか。半信半疑で近づくと、入り口に「総合内科」という看板が出ていた。窓に明かりが灯《とも》っているから、診察受付中なのだろう。

葉菜は玄関前のポーチに上る階段の前で、立ち止まった。ある程度は覚悟していたものの、怪しさ満載である。それでも、踵《きびす》を返す気はなかった。健斗に検査を受けさせるべきか否か、うじうじと考え続けるのは、もう嫌だ。

意を決して階段を上り、ドアをノックすると、思いがけないほど元気のいい声が返ってきた。

「どうぞ！」

恐る恐るドアを開ける。

すぐ目の前が待合室になっていた。外観同様中身もオンボロだ。ベンチはつぎはぎだらけで、床板もささくれ立っている。

受付カウンターの向こうにミカン色のナース服を着た小柄な女性が立っていた。顔が小さいせいか、目鼻がやたらと大きく見える。

医療相談をお願いしたいと言うと、女性は「はーい」と歌うように言い、アンケート用紙を出してきた。

「座って書いてください」と言われたので、古びたベンチに浅く腰掛けて、バインダーに挟まれた用紙に記入を始めた。

相談内容の欄には、肥満遺伝子検査の信頼性について知りたいとだけ書いた。バレリーナ云々《うんぬん》の件《くだり》は、説明するのが面倒だし、自意識過剰と思われそうなのでやめておく。

記入を終えると、女性が診察室のドアを開けてくれた。中に入ると、白衣を着た優男が人のよさそうな笑みを浮かべていた。

「青島倫太郎《りんたろう》です。どうぞ座ってください」

年は四十代半ばぐらいだろうか。目尻の笑いじわが上品な印象だ。建物はボロだし、ナースだか受付係だかは奇抜な色の服を着ているが、肝心の医師はまともそうでよかった。「よろしくお願いします」と頭を下げかけてギョッとした。青島がベージュのハーフパンツを穿《は》いているのに気づいたのだ。

困惑していると、青島はミカン色の服の女性に声をかけた。

「ミカちゃん、戸を閉めて」

まともだと思ったのは早合点だったようだ。患者の前で医師がナースを下の名前で呼ぶなんて普通じゃない。

そうはいっても、ヘアサロンの予約をキャンセルしてまで来たのだ。それに二人には、嫌な雰囲気が全くなかった。ミカと呼ばれた女性は元気いっぱいだし、青島医師は、ジェントルマンそのものだ。奇抜な服装をしているのは、何か理由があってのことかもしれない。例えば、患者を和ませるとか……。とにかく、少し話を聞いてみよう。葉菜は意を決してスツールに腰を下ろした。青島は、アンケート用紙にざっと目を通すと、穏やかな口調でしゃべり始めた。

「なるほど、遺伝子検査ですか。まずは基本的なところから説明しましょう」

遺伝子検査には二種類あると青島は言った。

「一つは病院が手掛ける検査。もう一つは、市販の検査です。混同されがちですが、両者は別物です」

病院の検査は、病気を診断したり、薬が効くかどうか、遺伝する病気かどうかなどを調べるためのものであり、医療行為である。一方で、市販の検査は、特定の病気にかかりやすいかどうかや体質などを調べる。リスクを予測して予防に役立てるのが目的で、医療行為ではない。企業のほか、クリニックなどが手掛けている場合もあるという。

「肥満遺伝子検査は後者、つまり市販の検査です」

葉菜はうなずいた。公的な医療機関で肥満遺伝子の検査を受けたいと思って探したのに見つからなかった理由が分かった。

「次に肥満遺伝子がどういうものかを説明しましょう」

肥満遺伝子とはエネルギー代謝に関わる遺伝子だという。青島は、デスクの上に置いてあったメモパッドを開き、「β《ベータ》３ＡＲ」と書きつけた。

「例えばこの遺伝子に変異がある人は、体内の中性脂肪を分解しにくい。基礎代謝量が低いんです。エネルギー節約型の遺伝子を持っていると言ってもいいでしょう」

大昔、人類が頻繁に飢えにさらされていたころは、エネルギーを節約できるほうが生存に有利だった。しかし、現代は飽食の時代である。この遺伝子に変異があると肥満になりやすい。

「変異がある日本人は、三人に一人ぐらいだそうです」

「結構多いですね」

青島はうなずくと、今度は「UCP1」と書きつけた。

「この遺伝子に変異がある人は、エネルギーを燃やす脂肪細胞の働きが弱い。やはり、基礎代謝量が低い傾向にあります」

こちらのほうは四人に一人程度に変異があるのだという。なるほどと感心していると、青島は少し笑った。

「分かりやすいでしょう」

「はい」

「ところが、そう単純なものではないんだな」

肥満に関連する遺伝子は、ほかにも多数見つかっていると青島は言った。

「ざっと数えて五十以上でしょうか。にもかかわらず、市販の検査で調べるのは、数種類にすぎません」

それでは確かなことは言えないと青島は言った。

「一つの遺伝子に着目して、太るとしたら内臓脂肪がつきやすい、などと予想することは、ある程度は可能かもしれないけど、問題はそれだけではありません。肥満するかどうかは、遺伝子よりむしろ生活習慣の影響が大きいんです。そういうわけで、検査結果は参考程度のものだと考えるのが妥当でしょう」

念のために確認する。

「受けても意味がないということですか？」

青島は肩をすくめた。

「生活習慣を見直すきっかけになるなら、それなりに意味があるのでは？　でも、僕だったら受けないし、家族や友人にも勧めません」

全否定しているのも同然である。残念ながら健斗が肥満体質か否かを遺伝子検査で見極めるのは、難しいようだ。そういうことなら、検査をしても意味がなさそうだ。

結局、振り出しに戻ってしまったということか。

落胆していると、診察台に腰掛けて、足をぶらぶらさせていたミカがクスっと笑った。

「あたしとしては、先生に受けてほしいですけどねー。甘いものを毎日食べているのに太らないのは、遺伝子に秘密があるからかもじゃないですか」

青島の目つきがやや険しくなった。

「遺伝子を冗談にしちゃだめだよ。デリケートな問題もあるんだから」

思いがけないほど強い口調だった。ミカは顔を強張《こわば》らせた。診察台から降り、「申し訳ありませんでした」と言って頭を下げる。

青島は表情を緩めると、葉菜に頭を下げた。

「大きな声を出してすみません。でも、医療機関以外で遺伝子検査を気軽に受けられる現状がどうにも気に入らなくてね」

法的に禁じられてはいないが、トラブルが起きるおそれがあるという。

「遺伝子は究極の個人情報です。流出したら大問題でしょう。特定の病気になるリスクが高い遺伝子を持っていると判定された人が、結婚や就職で差別される心配もあります。遺伝子検査が普及しつつある海外で、現実に起きている問題なんです」

差別というパワーワードが突然出たことに、戸惑いを覚えた。青島は続けた。

「遺伝子検査は、あくまでリスクを予測する検査です。ある病気にかかりやすいと判定されても、その通りになるとは限りません。大半の病気は遺伝子だけでなく生活習慣が発症に関係しています。偶然のせいという場合も大いにある。しかも、病気と遺伝子の関係には、不明な点がまだたくさんあります。数年後に、検査結果が間違っていたと判明する可能性だってあるんだ。今の技術レベルでは、一部の病気を除いてリスクを正確に予想するのは難しいんです。なのに差別なんかされたら、理不尽すぎるでしょう。まあ、差別はすべて理不尽なものですけどね」

熱弁をふるうのを聞きながら、葉菜は目を伏せた。

自覚はまったくなかったが、自分が健斗にさせようとしていたことは、遺伝子差別に当たるのかもしれない。

自分が差別をするような人間だなんて、考えたこともなかった。頭を殴られたような気分だった。憑《つ》き物が落ちたようでもある。

遺伝子なんてどうでもいい。太りやすい体質だったとしても、そうでなかったとしても、健斗は健斗だ。健斗と結婚したいのであって、太りにくい遺伝子の持ち主と結婚したいわけではない。

遺伝子検査のことは忘れよう。娘をバレリーナにする夢は……。そっちのほうも、思い詰めないようにしたほうがいい。バレエをやる目的はバレリーナになることだけじゃないという夏子の助言は、実は適切だったのかもしれない。考えてみたら自分だってプロにはなれなかったけどバレエをやっていてよかったと思っている。身体を使って様々な感情を表現できるのがバレエの良さだと思っている。あの素晴らしい体験をすることに意味があるのだ。

胸の中でわだかまっていたものが、きれいに溶けてなくなっていく。葉菜はすっきりした気分で言った。

「検査を受けるのは、止めておきます」

青島は「それがいいですよ」と言って微笑《ほほえ》んだ。

帰宅し、宅配ボックスを開けると、小さな段ボール箱が入っていた。伝票の差出人の欄を見て、苦笑いが浮かんできた。

例の遺伝子検査キットだった。もはや用はないから返品しようと思い、注文確認メールを読むと、キットが未開封の状態でも二十パーセントのキャンセル料と返送料がかかると書いてあった。

キャンセル料を払うぐらいなら、話のタネに検査を受けてみても悪くないかもしれないか……。新しもの好きな母も面白がりそうだ。結果は、青島が言っていたように、参考程度に受け止めればいい。

葉菜は段ボール箱を開封し、中に入っているキットを取り出した。

A4サイズのビニール袋の中には、いくつかの書類のほか試験管のような形の透明な容器が入っていた。中に綿棒のようなものが入っている。検査に必要な試料を採取する器具のようだ。

同封されていた説明書を開き、試料の採取方法をイラスト入りの図で確認する。

緑色のキャップをはずし、キャップごと綿棒のような採取棒を引き抜く。棒を口に入れ、頬の内側に当てて十回以上回転させて粘膜の細胞を採取する。採取棒を容器に戻し、蓋を閉じれば作業は完了だ。

簡単そうだなと思いながら、葉菜は、はっとした。採取棒をもう一度見る。

これと同じものを見たことがあるような気がする。しかも、口の中に入れられた。

重苦しいものが喉の奥からこみ上げてくる。そんなことがあり得るのだろうか……。

葉菜はスマホを取り出した。健斗にメッセージを送る。

――話があるの。これから行っていい？

すぐに、返信が来た。

――家で仕事してる。五時には終わるから、そのころ来なよ。

「了解」と短く送ると、葉菜はベッドに突っ伏した。

3

健斗がドアを開けてくれた。ボーダーのカットソーに紺の七分丈のパンツは、葉菜が買ってあげた部屋着だ。今日は一日中家にいたようで、無精ひげが生えている。

健斗は葉菜の手元を見ると、怪訝《けげん》な表情を浮かべた。

「スーパーに寄ってこなかったの？　ウチの冷蔵庫はチーズとビールぐらいしか入ってないぞ」

「食事はいい。話があって来ただけだから」

「俺は腹が減ってるんだけどな」

仕事に夢中で昼食をとるタイミングを逃してしまったのだという。

「外でご飯を食べながら聞くよ。とりあえず上がって。ざっとシャワーあびて着替えてくる」

葉菜の返事を待たずに健斗は踵を返した。革のスリッパの底を鳴らしながらベッドルームに入っていく。

葉菜はドアを閉めると靴箱から自分のルームシューズを取り出して履いた。デンマーク製の生地を使った高価なものだ。結婚した後も使おうと思って張り込んだ。

この部屋には葉菜の私物が他にもたくさんある。洗面用具や化粧道具はもちろん、キャビネットの四段ある引き出しのうち一段はすでに葉菜専用だ。

私物ではないが、タオルはほとんど取り替えたし、ベッドカバーも新調した。この部屋に出入りするようになって約半年。部屋は少しずつ葉菜のものになっている。残っているのはブラインドやカーテン、家具、家電などの大物だけだ。それらも、来月中にはすべて交換する予定である。

新生活を始めるまでに、葉菜の前にここに来ていたであろう女性の痕跡を消したかった。交際経験があるのは、葉菜も同じである。文句を言うつもりはないが、他の女性が使ったかもしれないものは気分が悪い。

リビングルームに入ると、ブラインドが全開になっていた。夕暮れ時で空が真っ赤だ。東京タワーがきれいに見える。

葉菜はブラインドを下ろすと、ソファに座った。バッグを膝に載せ、健斗を待つ。胸がドキドキしていた。自分の疑問をうまく伝えられるかどうか分からない。でも、どうしても確かめたいことがあった。

洗面所のほうからドライヤーを使う音が聞こえてくる。食事に行くつもりはないとわざわざ言いに行くのもどうかと思い、健斗が戻ってくるのをそのまま待った。

ようやく姿を見せた健斗は、髪を整え髭をそり、こざっぱりとした顔をしていた。

「歩いて行けるところでいいよね。いつもの中華かイタリアンの二択になっちゃうけど」

葉菜は首を横に振った。

「さっきも言ったでしょ。食事はいい」

葉菜はダイニングテーブルに移動した。

「話があるのよ。座って」

健斗は少し眉をひそめたが、大人しく葉菜の正面の席に着いた。

どう切り出したものか迷っていると、健斗のほうから言った。

「もしかして、式や披露宴をやらないことについて、ご両親に何か言われた？」

「そうじゃないの。聞きたいことがあって……。怒らないつもりだから、正直に答えてね」

健斗は困惑したように目を瞬《しばた》いた。

ゴールデンウイークに入る少し前だった。近所のスーパーで夕飯の食材を買い込んでこの部屋に来た。夕食の時間まで間があったため一休みすることになり、健斗がお茶を淹《い》れてくれた。それを飲みながらおしゃべりをしていたところ、強烈な眠気が葉菜を襲った。ソファに横にならせてもらうと、すぐに眠りに落ちた。

どれぐらい眠っていたのか定かではない。でも、目覚めたときの状況ははっきりと覚えている。口元に違和感を覚えたのだ。口の中に何かを突っ込まれているような感触があった。

目を開けると、目の前に健斗の顔があった。床に膝をつき、葉菜の顔をのぞき込んでいる。目が合うと、動揺した様子で身体《からだ》を後ろに引いた。

健斗は右手に長い綿棒を持っていた。

「今、何をしたの?」

「口の中にゴミが入ってたんだ。もう取れたから大丈夫」

そのときは健斗の言葉を信じた。持っていたものは、デンタルグッズの一種だろうと一人合点した。

でも、あの採取器具を見てしまった今は、健斗の言葉を信じられない。

あのとき彼は、遺伝子検査用に頬の粘膜を勝手に採取しようとしていたのではないだろうか。

葉菜は健斗に尋ねた。

「覚えてる？　春に私がソファで寝込んじゃったときのこと。口の中にゴミが入ってたのを健斗が取ってくれた」

健斗は右手の肘をテーブルにつき、掌《てのひら》で顎を支えた。

「そんなことあったっけ？」

「あのとき、これを持ってたでしょう」

葉菜はバッグから、採取器具の入った容器を取り出した。テーブルにそれを置き、健斗のほうに押しやる。健斗はそれを手に取り、しげしげと眺めた。

「綿棒みたいなものが入っているな。耳掃除にでも使うの？」

怒りのスイッチが入りそうになるのを必死で抑え、葉菜は言った。

「遺伝子検査で試料を採取するために使うものよ。知ってるでしょ」

健斗が顔を上げる。

「知らないよ。っていうか、なんでそんなものを葉菜が持ってるんだ？」

「肥満遺伝子の検査を受けるの」

健斗は器具をテーブルに置き、「よく分からない」と言った。

「葉菜はどう見ても痩せ型だ。そんな検査を受ける必要ないと思うけど」

「そんなことより、私の質問に答えて。あの日、私が寝ているとき、私の口にこれを差し込んだんじゃないの？」

つい、詰問口調になっていた。健斗は顔をしかめ、椅子の背もたれに寄りかかった。生え際のあたりをかきながら、腹立たしそうに言う。

「俺が葉菜の遺伝子を勝手に調べたと思ってるのか？」

その疑いがあると思っている。だから、こうして聞いているのだ。

健斗はうんざりしたようなため息をついた。

「冗談じゃない。言いがかりもいいところだ」

「じゃあ、私の口に入ってたゴミを何を使って取ったのよ」

「よく覚えていないけど、綿棒か何かだったと思う」

「嘘をつくのは止めて。それより理由を聞かせてほしいの。なんで、無断で私の遺伝子を調べたの？」

「決めつけるなよ。そもそも、葉菜を起こさないように頬の粘膜をこするなんて無理だろ」

葉菜は言葉を失った。自分の誤解や勘違いであってほしいと思っていた。でも、その望みは絶たれた。健斗は、無断で葉菜の遺伝子を検査したのだ。それがバレそうになり、嘘をついてごまかそうとしている。白々としたものが、胸の中に広がった。

「私の飲み物に睡眠薬でも入れたんでしょ。あいにく私は、途中で起きてしまったみたいだけど」

健斗の顔は蒼白《そうはく》だった。目元が怒りのせいか、引きつれている。

「俺がやったという証拠でもあるのか？」

証拠……。そんなものを求められるとは。

もう無理だ。これ以上、健斗と向かい合っていたら、怒鳴ってしまいそうだ。

葉菜はテーブルに投げ出されていた器具をバッグに戻し、席を立った。

「今日は帰ります」

一人になりたかった。一人になったら泣いてしまいそうだ。泣きたいから一人になりたいのかもしれない。

健斗がテーブルを回り込み、葉菜の肩をつかんだ。

「ごめん、言いすぎた。でも、本当に何のことか分からないんだ」

その言葉が本当だったら嬉しい。でも、信じられない。健斗は、「頰の粘膜をこする」という採取器具の正しい使い方を知っていた。

葉菜はうなだれると、健斗の手を肩からはずした。

4

月曜日、葉菜は体調不良を理由に会社を休んだ。仕事が手につくような状況ではなかったのだ。

土曜の夜から考え続けても、今後について結論は出なかった。そこで青島医師にもう一度相談しようと思ったのだ。初回の相談料は千円ポッキリだったが、二回目以降は内容次第で数万円になることもあるとか。お金は惜しいが、人生の一大事である。背に腹は代えられない。

昨日、キットに入っていた説明書を隅から隅まで読んだ。本人に無断で検査ができるのか確かめたかったのだ。

まず、検査申し込み同意書というものがあった。同意書にサインして、採取した試料と一緒に検査機関に送るのだが、試料は同意書にサインした人物のものとして取り扱われると書いてあった。

免許証のコピーなど本人を確認するための書類も不要だ。試料さえ手に入れられれば、本人に無断で検査するのは簡単だろう。

ご丁寧に、こんな断り書きまであった。

──本人以外の人物が、氏名などを偽って本キットを使用した場合でも、当社は一切責任を負いません。

ここまで直接的に書いてあるのは、過去に他人になりすましたり偽名を使ったりして検査を受けた輩《やから》がいるからではないか。

健斗もそうしたのだろうか。もしそうなら、結婚するのは考えものである。無断で遺伝子検査をしただけならまだしも、あの日、飲み物に睡眠薬を混入された可能性もある。あんなふうに寝落ちしたのは後にも先にもあのときだけだ。もしそうだとしたら、犯罪まがいの行為というより犯罪である。しかも、問いつめると嘘をついてごまかそうとした。

そうはいっても、簡単に決心がつくものでもなかった。健斗が言うように、証拠はないのだ。葉菜の記憶違い、あるいは誤解という可能性もゼロではない。

土曜以来、健斗から連絡はなかった。こちらから連絡する気にもなれなかった。

その前に、誰かに相談したかった。両親は頼りにならない。そもそも遺伝子検査がどういうものなのか理解してもらうのが難しそうだ。

夏子にメッセージを送ってみたが、息子が熱を出してしまい、てんてこまいの様子だった。「落ち着いたらこっちから連絡する」と言われては、せかすわけにもいかない。

他に適切な助言をしてくれそうな人といえば、青島しかいなかった。

総合内科の待合室には、今日も患者が一人もいなかった。ドアが開く音を聞きつけたのか、診察室からミカが出てくる。今日もミカン色の制服姿だ。

「あら、石田さん。忘れ物？」

失礼だなと思ったが、彼女にしてみれば、葉菜が再来院するなんて思ってもみなかったのだろう。問題は解決済みのはずだ。

「先日の続きをお願いしたくて。先生、いらっしゃいますか？」

ミカは困ったなというように眉を寄せると、ペコっと頭を下げた。

「それがまだなんですよー」

「待たせていただいていいですか？」

「もちろん。ただ、しばらくかかるかも。隣駅の商店街にオープンしたばかりのタピオカミルクティーのお店に寄ってるそうなので」

その店なら知っていた。土曜日、家に帰る途中で、店の前が大行列になっていたのだ。並んでいるのは、ほとんどが若い女性だった。日曜日にテレビの情報番組でも見たから、今日も大行列だろう。

「勇気がありますね。女性ばかりの行列に並ぶなんて」

は立派です」

「嫌だなあ、石田さん。それ、偏見ですよ。スイーツ好きに性別は関係ないですもん。他の先生だったらナースや事務員を並ばせるかもしれませんけどね。自分で並ぶ先生は立派です」

そう言うとミカは、クスッと笑った。

「まあ、でも私用で遅刻して患者さんを待たせちゃいけないですよね。懲らしめてやりましょう」

青島が有名店から取り寄せたレアなプリンがあるので、待っている間に二人で食べてしまおうとミカは言った。

「ごちそうになります」と言うと、ミカはいそいそと診察室の奥に入っていった。

昼前にようやく現れた青島は今日もハーフパンツだった。女性が大半の行列の中で、さぞかし注目を浴びたことだろう。

「お待たせしてすみません。まさか患者さんが来るとは思っていなかったから」

白衣を羽織り、すまなそうに言う。結局、三時間近く待たされた計算だ。

「今日はどうしました？」

「お恥ずかしい話なんですが、実は……」

葉菜は、肥満遺伝子検査キットが自宅に届いてから今までのことを話した。青島は目を半ば閉じ、腕を組みながら話を聞いていた。

「彼は、私に無断で私の遺伝子を検査したんでしょうか」

青島は困惑するように目を瞬いた。

「状況としては可能でしょうが、確かめようがありませんね」

「検査機関に問い合わせたら、答えてもらえるでしょうか？　説明書に、責任を負いませんと書いてありましたけど、そんな勝手な話ってないと思うんです。私の遺伝子情報なのに」

「婚約者さんは、石田さんが利用しようとした検査機関と同じ機関を使ったんですか？」

「さあ、それは……」

「それでは、問い合わせのしようがないでしょう。仮に同じ機関だとしても、答えてくれるとも思えませんが」

それまで黙っていたミカが口を開いた。

「石田さんの怒りはもっともだけど、お相手の方の気持ちも、分からないでもないですよ。結婚する相手の将来の健康状態が分かるのなら、知りたいですもん。他人の試料を勝手に検査に出せるのなら、今後、本人に無断の検査が横行するかもしれませんね。興信所あたりが、すでにこっそり請け負ってるかも」

青島が眉を寄せる。

「ミカちゃん、この前も話したはずだよ。現在の技術では、一部の病気を除いて、遺伝子で将来の健康状態を正確に予測するのは難しい。検査をしたって分かることは、高が知れているんだ」

「それは理解しました。でも、一般の人はそこまで深く考えませんよ。将来の病気のリスクを予測できると言われたら飛びついちゃうような」

そういう人を無知だとか考え足らずだと責めるのは酷ではないかとミカは言った。

青島は顎を撫《な》でながらうなずいた。

「となると、提供者側に問題があるってことか。なんらかの規制を検討すべきなのかもしれないな」

そういう話を聞かされても困る。葉菜としては、対処法を知りたいのだ。そろそろ引き上げたほうがいいかもしれない。相談時間が長くなるほど、料金も上がるはずだ。

話を打ち切ろうとしたところ、その前にミカが口を開いた。

「ちなみに、お相手の方が、遺伝子検査を無断でやったという証拠が見つかったらどうするんですか？　警察に訴えるとか？」

葉菜は首を横に振った。そこまでは考えていない。健斗との結婚を考え直すだけだ。

「そんな人と一生やっていく自信がありませんから」

「それはそうかもですねー。でも、本人が口を割らない限り、真相は闇の中かもしれませんよ」

パソコンを見ていた青島が、椅子を回して葉菜に向き直り、一つ不思議なことがあると言った。

「市販の遺伝子検査で使う試料は、たいてい頬の粘膜か唾液のどちらかです。こっそり採取しようとしたら、唾液のほうがはるかに簡単でしょう。あえてハードルの高いほうを選んだのは、何か理由があるからかもしれませんね」

「理由、ですか……」

「その検査機関に、知り合いでもいたのかな。ちなみに、婚約者の方はどんな仕事をしているんですか？」

「国際特許事務所を共同経営しています」

青島は口をすぼめて「ほう」と言った。

「事務所の名前と、得意分野は分かりますか？」

パソコンのほうに身体を回しながら言う。

得意分野は知らない。事務所名を告げると、青島は軽やかなタッチでキーボードを叩《たた》いた。しばらく画面をスクロールしていたが、大きくうなずいた。

「ITとバイオテクノロジーを専門にしている事務所のようですね」

しばらくの間、キーボードを叩いたりマウスを動かしたりしていたが、ほどなくガッツポーズをした。

「クライアント一覧に、遺伝子検査を手掛けているアメリカの企業の名がありました。しかも、頬の粘膜を試料に使ってる。彼はおそらくここを利用したんだな」

葉菜は思わず上体を乗り出した。その会社に問い合わせをしてみようか。そうは言っても、アメリカの会社では葉菜には手も足も出ない。

「先生、協力してもらえませんか？」

青島は、首を横に振った。

「医療相談の領域を超えています。それより、婚約者の方ともう一度話をしてみては？」

「でも……。知らぬ存ぜぬで押し通すと思うんです」

「でしたら、僕を通じて先方の企業に問い合わせをすると言ってみてください」

カマをかけるのだと青島は言った。

「僕のことは、国際内科学会の理事だと伝えてください」

そうやって圧力をかけても、相手企業が検査を依頼した客の個人情報を明かす可能性は低い。しかし、医学界の大物の問い合わせを完全に無視するのも難しい。何らかの反応はあるはずだと青島は言った。

「ええっと、それって……」

ミカがクスッと笑った。

「ウチの先生、偉い人には見えませんよね。でも、実は偉いんです。この総合内科を立ち上げる前は、大学病院の先生だったし」

青島は肩をすくめた。

「それを言うなら、ミカちゃんだって。まだ若いのに、ここに来る前は青島総合病院の手術室で、エース級と言われていたナースだったんですよ」

ミカは照れたように頰をかいた。

「褒めあっても仕方ないですね。二人とも、病院からはじき出された落ちこぼれですもん。でも、あたしは満足してます。患者さんと自然体で接していい職場なんて、他にないですから」

そう言うと、ミカは目を細めて笑った。

「石田さんも、くよくよ考えてばかりいないで、当たって砕けろですよ。ファイト！」

明るく言われ、苦笑するほかなかった。ミカの天真爛漫《てんしんらんまん》さがうらやましい。とても真似《まね》はできないが、少なくとも、思い詰めるのはもうやめよう。なるようにしかならないのだ。

やるしかない。そして、自分の気持ちに決着をつけるのだ。

その夜に健斗のマンションを訪ね、青島医師を通じてアメリカの検査企業に問い合わせるつもりだと言うと、彼はみるみるうちに青ざめた。唾を飲み込むように喉仏が大きく動く。やがて小さく息を吐くと、健斗は葉菜から視線をそらした。

信じられないというより、やはり、という気持ちのほうが強かった。それでもショックであることには変わりがない。

でも、何か事情があるのかもしれない。それを聞きたかった。

なんと声をかけるべきか迷っていると、健斗は座っていたソファから降り、床に正座をした。

「ゴメン。本当にゴメン」

何度も頭を下げる。目が真っ赤だった。

健斗を見下ろす格好では話がしにくい。葉菜もソファから床に降りた。体育座りをすると、健斗に尋ねる。

「なんで無断で検査なんかしたの？」

健斗は唇を嚙《か》むと、「母が……」とつぶやいた。

「お母さん？」

「母は肺がんで亡くなった。俺が三歳のときだ。煙草《タバコ》なんか吸わない人だったのに、なんでだろうって父がいつも嘆いてた」

その父は、苦労しながら男手一つで三人の子を育て上げた。そして、六十歳の若さで亡くなった。水産加工会社の経営と子育ての両立で、常に過労気味だったからだと、周りは言っていた。自分もそう思っている。配偶者と早くに死に別れるのは、人生最大の不幸である。

「結婚するなら、健康な人がいいとずっと思ってた。そんなときに、アメリカの遺伝子検査会社の担当になったんだ。これしかないと思った」

葉菜はため息をついた。

「何も言わずに勝手に遺伝子を調べるなんて……。しかも、あのとき私に睡眠薬か何かを盛ったでしょう」

健斗は怯《おび》えたような目をすると、再び頭を下げた。

「本当に申し訳ない。でも、前例があったから……」

三年前、付き合っていた女性にプロポーズする際、さっき言ったようなことを伝え、一緒に検査を受けてほしいと頼んだ。すると、彼女は激怒して、出て行ったのだという。

「結婚は人柄とか愛情とかで決めるものだ。遺伝子で相手を選ぶなんて、家畜の品種改良みたいで気持ちが悪いって。そう感じる人もいるのは、仕方がないと思った」

だから今回は無断で検査をしたというわけか。気持ちは分からないでもないが、やはり許されるものではないと思う。

そして、そもそも健斗は、遺伝子検査がどういうものかよく分かっていない。

「青島先生に教わったんだけどね。今の技術レベルでは、一部の病気を除いて、病気になるリスクを正確に予想するのは難しいらしいよ。健斗はその会社を担当してたんでしょ。なのに、遺伝子検査ってそういうものだって知らなかったの？」

健斗は膝に両手をつき、背筋を伸ばしたままうなだれた。顔を上げ、訴えかけるように言う。

「分かってる。でも、少しでも参考になればと思ったんだ。ちなみに、葉菜の検査結果はかなりよかったよ」

健斗は、はっとしたようにもう一度頭を下げた。

「そういう話じゃないよな。本当に申し訳なかった。無断で検査をしたのも、睡眠薬を飲み物に入れたのも、ひどいことをしたと思ってる。許してもらえないかもしれないと思ったから、嘘をついてごまかそうとした。でも、それも間違っていた」

そう言うと、健斗は葉菜をまっすぐに見つめた。

「二度と葉菜を悲しませるようなことはしない。だから予定通り結婚してくれないか」

全面降伏したなと思いながら、葉菜は目を閉じた。

健斗と出会ってからこれまでのことが、走馬灯のように瞼《まぶた》の裏をよぎる。なんだかんだで、自分はこの人が好きだったのだ。一緒にいると、安心感がある。でも、このまま結婚していいのだろうか……。迷いながら目を開けた。祈るような表情の健斗が見つめていた。葉菜は慎重に切り出した。

「私も元カノさんと同じ。人柄とか愛情で私を選んでくれる人と結婚したい」

「人柄でも選んだつもりだよ。遺伝子だけじゃない」

「それが信じられなくなったのよ」

健斗はうなだれていたが、やがて顔を上げた。その眼《め》には、先ほどまではなかった怒りが浮かんでいた。

「さっきから綺麗《きれい》ごとばかり言ってるけど、自分はどうなんだ」

「どうって？」

戸惑う葉菜に向かって、健斗は吐き捨てた。

「俺を人柄で選んだのか？　そうじゃないだろう」

「そのつもりだけど」

健斗は口元を歪《ゆが》めた。

「経済力が目当てなんじゃないのか。最初からそうだと思ってた。それに自分を元カノと一緒にするな。彼女は、俺が弁理士試験に合格するまで、生活を支えてくれたんだ。葉菜なんかとは、人間の出来が違う」

健斗をまじまじと見た。赤い目がまっすぐに自分を見返してくる。

心臓が押しつぶされるような気分だ。見損なうなと叫びたかった。こんなに誰かに対して腹が立ったのは初めてだ。許してもいいような気になりつつあったのだが、やはり無理だ。この人とは決定的に合わない。

葉菜は床を蹴って立ち上がった。

「私たち、お終《しま》いだね」

今度は健斗もあっさりうなずいた。

「そうだな」

「私の検査結果を破棄してくれる？ それを証明できるものを送って。遺伝子は究極の個人情報でしょ。結果をあなたが持ってるなんて気味が悪いから。結果を見たいとも思わないし」

健斗は不満そうだったが、これだけは譲れない。

「嫌ならこっちにも考えがあるから。あなたのやったことは、犯罪なんだからね」

健斗に背を向け、玄関に向かう。

南房総に挨拶に行ったのは、ついひと月ほど前なのに、遠い昔のことのように思えた。

きっかけは、健斗の姉と会い、自分が産むつもりの娘の将来に不安を覚えたことだった。それが、まわりまわってこんな結末につながるとは……。

靴を履いていると、リビングルームから健斗の声が聞こえた。

「婚約指輪は郵送してくれ」

当然と言えば当然だ。でも、今それを言うなんて。

結婚まで突き進まなくて本当によかったと思いながら、葉菜はドアを開けた。

5

ひと月後、葉菜は青島総合病院の総合内科を訪れた。前回、青島は「興味深い話を聞かせてもらったから」と言って、受診料を取らなかったのだ。その代わり、落ち着いたら結果を報告しに来てほしいと言われていた。

話を聞き終えた青島は言った。

「データを破棄してもらったのが本当なら、ひと安心ですね」

「ええ」

ミカが言った。

「お相手の方は、悪気があったんじゃなくて、極度の心配性なんだと思うんですよね ー」

青島もすぐに同意した。

「だろうな。思い込みが強いうえ、情報不足だったのが残念ですね。石田さんのように、事前に僕の医療相談を受けていたら、思いとどまっていたかもしれないのに」

悪気はなかっただろうとは、葉菜もちらっと思った。同情すべき点もある。でも、経済力が目当てとまで言われては、関係を修復する余地はない。

婚約解消したと言うと、両親は驚き、嘆いたが、葉菜の決心が固いとみると、仕方ないねと言ってくれた。

夏子は自分が思い付きで口にした肥満遺伝子検査の話が、とんだ方向に行ってしまったことに、驚き、恐縮した。

でも、葉菜としてはこれでよかったと思っている。夏子を恨む気持ちもまったくなかった。肥満遺伝子検査について調べようと思わなかったら、健斗が無断で遺伝子を調べたと知る由もなかったのだから。

帰り際、青島は塩大福をお土産に持たせてくれた。甘じょっぱい大福は健斗の好物だった。そんなものは見たくないと思ったが、青島がそれを知っていたわけでもないだろう。

今日はこの後、予定が何もなかった。夏子に電話をして、時間が空いているようなら、訪ねてみてもいいかもしれない。誰かと無性に話がしたかった。

病院の門のところで、カップルとすれ違った。女性のほうはお腹《なか》が大きい。彼女に寄り添うようにしている長身の男性の顔を見て、葉菜は小さく声を上げた。相手も足を止め、葉菜を凝視している。

前に同棲をしていた袴田《はかまだ》だった。妻と思《おぼ》しき妊婦が、怪訝な表情で袴田を見上げている。下手にごまかさないほうがいいと考えたのか、袴田は「どうも」と言いながら手をあげた。

「お久しぶり。元気にしてました?」

そう言うと、隣にいる女性に「昔、店によく来てくれてたお客さんだ」と葉菜を紹介した。葉菜は笑顔を作ってうなずいた。

「袴田さんもお元気そう。奥様ですよね?」

袴田は、照れくさそうに笑った。

「入籍したばかりなんですよ。もうすぐ子どもも産まれる。相変わらずの貧乏暮らしだけど、まあなんとかなると思って」

「おめでとうございます」

葉菜が言うと、袴田の妻は幸せそうに微笑んだ。

「また主人の料理を食べに来てくださいね。私、ホールのほうをやってるんです。二人でコツコツ頑張って、いつかお店を出すのが夢なんです」

袴田は葉菜に会釈をすると、「さあ行こう」と言うように、妻の背中を軽く叩いた。

二人の背中を見送りながら、複雑な気分になった。

あのとき、健斗に経済力が目当てだと言われ、猛烈に腹が立った。でも、そう思う気持ちが、葉菜にまったくないわけではなかった。少なくとも、経済力のなさを理由に、袴田と別れたのは事実だ。

人柄や愛情以外の条件で相手を選ぼうとしていたという点では、健斗が言うように自分と健斗に大差はないのかもしれない。

それに、そもそも葉菜自身、健斗が肥満体質かどうか遺伝子で知ろうとしていたのだ。健斗を一方的に批判する資格はないのだろう。

葉菜はミカが紙袋に入れてくれた塩大福の包みを見た。

婚約指輪を送り返してしまったことだし、もう遅いかもしれない。でも、もう一度健斗と話してみよう。売り言葉に買い言葉のような喧嘩《けんか》で別れてしまうのは心残りだった。それに、遺伝子検査のことさえなければ、穏やかで堅実な健斗は、理想のパートナーに思える。

歩道の端に寄ると、スマホを取り出した。緊張しながら、電話をかける。

ツーコールで健斗が電話に出た。

血圧陰謀論

1

大手カジュアル衣料品のブリーゼ西多摩《にしたま》店の閉店時間は二十時である。

——あと十分、あと十分。

綾瀬航《あやせわたる》は自分にそう言い聞かせながら、男子トイレで手を洗っていた。

数日前からおなかの調子も悪かった。便秘と下痢を交互に繰り返す過敏性腸症候群が、ぶり返したのだろう。

この病気にかかったのも、なかなか縁が切れないのも、当然だと思っている。なぜなら、この病気は、ストレスで悪化するといわれているからだ。この一年近く、強烈なストレスにさらされ続けてきた。


まずは昨年の秋。入社以来在籍していた商品企画部から販売部に異動させられた。意気消沈したものの、商品企画部から販売部への異動はさほど珍しくはなかった。同僚たちのように、一、二年したら戻れると思っていた。

ところが、異動後初日の部会で発表された配属先は、本社ではなく都下にある路面店だった。ショックだった。ブリーゼは他のファストファッションブランドと違って店舗で客に声がけをする販売方針を採っている。航は自他ともに認める人見知りである。そのうえ、接客経験がほとんどない。そんな自分を販売員として店に立たせるなんて、いじめではないか。とはいえ、文句を言ってもどうにもならない。航は渋々新生活をスタートさせた。

予想通り、販売の仕事は辛《つら》かった。客に声をかけようとすると、緊張で身体《からだ》がすくんでしまうのだ。しかも、来店するのはいわゆる冴《さ》えない客ばかりだった。体形が崩れたおじさん、おばさんだったり、センスという言葉をはき違えているヤンキー風だったり……。美術大学出身でデザイナー志望で入社した航には、辛い毎日だった。

過敏性腸症候群を発症したのはこのころだ。自宅に近いクリニックを受診したが、処方された薬はたいして効かなかった。社内結婚した妻と住んでいた江東区内のマンションから都下の勤務先までは一時間以上かかる。不安定なおなかを抱えて電車通勤するのは地獄だった。

そんな毎日を送るうち、妻との仲も険悪になっていった。航としては家庭で安らぎが欲しかったのだが、海外進出準備室勤務の妻は、急に忙しくなったようで、帰宅が連日のように深夜になった。しかも、顔を合わせても航の話を聞こうとしない。愚痴をこぼそうものなら、「男のくせに、うじうじしないで」とヒステリックに怒鳴られた。年末に妻がロンドン勤務の辞令を受けたのを機に、離婚の話が出たのは自然な成り行きだった。

　子どもがいないこともあり、離婚はあっさりしたものだった。航は年が明けてすぐに、勤務先の店舗に自転車で通勤できる場所に引っ越し、一人暮らしを始めた。

　それなりに落ち込みはしたが、さっぱりとした気分でもあった。不運や不幸が底を打ったと思えたからだろう。体調が上向いたのも大きかった。真面目《まじめ》に通院しても一向によくならないので、引っ越しを機に通院も服薬も止《や》めてしまったのだが、実家の母の強い勧めで、野菜を多く取るようにしたのがよかったのかもしれない。

　ただ、前向きな気分は長くは続かなかった。四月になって新たな悩みの種ができた。とんでもないパワハラ上司が現れたのだ。それに伴い、おなかの具合は再び悪化した。

　いっそのこと、会社を辞めようかとも思った。社内の情報をそれとなく集めたところ、郊外店舗の販売員から商品企画部に復帰する道は険しそうだった。それでは、このままストレスに耐えながら勤務を続ける意味があるのかどうか……。

　それに、大規模なリストラが年内にあるという噂《うわさ》が出ていた。リストラの対象となり、首を切られるぐらいなら、自ら辞めたほうが、気分がいいに決まっている。

　そうは言っても、なかなか決断はできなかった。航はブリーゼの服が好きだった。手頃な値段ながら縫製がしっかりしていて、デザインは海外の一流ブランドにも負けていない。これからの時代に求められているのは、こういうブランドだという自信があった。

――いつかまた服を作りたい。作るなら、ブリーゼの服だ。

そんな思いを捨てきれない。

正社員という恵まれた立場を手放す気にもなれなかった。妻も仕事も失ったら、自分には何も残らないではないか。


紙タオルで手を拭いていると、ドアが開く音がした。

このトイレは客と従業員の兼用である。客と鉢合わせをしたら、会釈をして「ありがとうございます」と声をかける決まりだ。

使用済みの紙タオルを捨てるのと同時に、客ではなく店長の倉橋和也《くらはしかずや》が入ってきた。この秋の主力製品であるチェックのシャツが、まったく似合っていない。

航が会釈をすると、倉橋は黒いセルフレームの眼鏡の位置を直しながら、眉をひそめた。

「こんなところでサボってんじゃないよ」

「すみません、おなかが痛くて」

さっき鏡で見た顔は青白く、頬はげっそりとしていた。だから、よもや疑われることはないと思ったのだが、倉橋は腕を組み、舌打ちをした。

「お前、今、どういう時期か分かってんの？」

「はい。それはもう……」

西多摩店は、初夏に前倒しで行ったセールで販売ノルマをクリアできなかった。その分、九月中旬の連休、いわゆるシルバーウィークに開く創業十五周年セールで取り戻せと、本社から厳命されている。

とはいえ、この店は郊外の駅から離れた路面店である。平日のこんな時間に、客はほとんど入っていない。販売員一人がトイレを我慢したところで、売り上げが減るわけがない。

そもそも、トイレ休憩がサボりだというなら、なぜ倉橋がここにいるのだ。

倉橋もそのことに気づいたのだろう。バツの悪そうな顔をすると、空咳《からせき》をした。

「戻ったら、閉店の準備を始めちゃって」

「えっ、いいんですか？」

「二十時十五分に野比《のび》課長が来るんだ」

航の胃がキュッと縮んだ。動悸《どうき》もしてきた。みぞおちのあたりに重い塊がせりあがってくる。

野比有子《ゆうこ》。本社販売部の課長だ。ブリーゼ社内では店長より上の役職である。販売部きってのやり手で、業界紙やビジネス誌にもたびたび登場している。

今年四月から、この店がある都内西部地区の担当になったのだが、航は彼女が大の苦手だった。とにかく押しが強い人物なのだ。

それだけならまだしも、彼女は航に難癖をつけてくるのだ。名前すらまともに呼んでもらえない。元美大生から転じた「モトビ」、言い訳をするからと「デモデモダッテちゃん」など、さんざんな言われようである。

彼女のパワハラこそ、航が現在抱えている最大のストレス要因だった。

「ミーティング用にホワイトボードをセッティングしておいて。よろしく頼むわ」

倉橋はそう言うと、個室に消えた。

ミーティングは二十時十五分ぴったりにバックヤードで始まった。テーブルを囲んでいるのは、野比、倉橋、航、そして山本小陽《やまもとこはる》の四人だった。倉橋と航は正社員。小陽は、地元採用の地域社員である。パートやアルバイトのスタッフは、ミーティングに参加する義務はない。

野比は、髪をアップにまとめ、頬紅を濃くつけていた。自社製品のバルーン袖のからし色のブラウスがよく似合っている。仕事ができるキャリア女性そのものといった雰囲気だった。

野比は手帳を開くと言った。

「まずクラちゃんから報告して」

倉橋はノートパソコンを見ながら、この三日間の売り上げ状況の説明を始めた。緊張した面持ちである。

大まかな数字の報告を終えると、倉橋は額の汗をハンカチで拭った。

「リニューアルオープンした駅ビルの影響があるようです」

店から徒歩十分ほどのところに私鉄の駅がある。この夏、駅ビルの建て替え工事が終了し、競合会社の店舗が改札の真ん前にオープンしたのだ。地の利のせいか、かなり客が入っている。

「事情は分かるわよ。でも、それにしてもってやつよ」

そう言うと、野比は小陽を見た。

「小陽ちゃんはよくやってる。小陽ちゃんがフロアに出てるときは売り上げがいいもの。あなたさえよければ、来月から正社員になってもらうつもり」

小陽は両手を口に当てて目を見開いた。

「ホントですか？　リストラがあるって聞いて、正社員になるのはとても無理だと諦めていたんです」

「リストラをやるとしても、頑張っている優秀な人材には、きちんと報います」

「優秀だなんてとんでもない。でも、嬉《うれ》しいです。三十歳までに正社員になりたかったので」

「それはそうよね。仕事内容が同じなのに月給が三万円以上違うんだもの」

そう言うと、野比は冷たい目で航を見た。

「モトビは、地域社員に転向したら？ あなたがフロアに出ているときの売り上げは、小陽ちゃんやクラちゃんの半分以下」

航はテーブルの下で拳を握りしめた。野比の言う通りである。しかし、それは個人の能力差ではなく、シフトの問題だと思う。航は、客が少ない時間帯を受け持つことが多いのだ。助け舟を求めて倉橋を見たが、視線をそらされた。

「売り上げが人より少ないなら、せめて長く働くことね。年末年始は人手が足りないだろうし」

サービス出勤の強要だ。航は重い口を開いた。

「でも……」

野比がこれ見よがしにため息をつく。

「ほーら、また。デモデモダッテちゃん。『でも』と『だって』ばかりじゃ、ウチを辞めた後、どこに行っても通用しないわよ」

航の背筋が凍った。リストラ対象だと言われたも同然だ。野比は続けた。

「商品企画部を出されて不満なのは分かるけど、組織で働いてるんだもの。与えられた仕事を頑張るしかないでしょう。なのにうじうじと言い訳ばかり。奥さんが愛想を尽かして出ていくのも当然ね」

さすがに見かねたように、倉橋が声を上げた。

「野比さん、プライベートな話題はちょっと」

野比は、肩をすくめると、自分の頭を拳骨で軽く二度叩《たた》いた。

「気をつけなきゃ。社内のコンプライアンス室に言いつけられたら、アウトかも」

「言いつけたりなんかしませんよ。愛の鞭《むち》だっていうのは、僕らよく分かってますから」

倉橋が言う。小陽もブンブンと首を縦に振っている。野比は「分かってくれて嬉しいわ」と言うと、再び航を見た。

「ともかく、モトビに奮起してもらわないと困るの。といっても、接客には才能が必要でしょ。才能のない人間のお尻を叩いても、限界があると思うのよ。だから、考えたんだけどね」

チラシを二万枚用意すると言った。

「明日、ここに届くから、ポスティングをして。チラシの効果で売り上げが伸びたら、モトビの業績ってことにしてあげる」

情けをかけてやると言わんばかりだ。不本意だがうなずくほかなかった。挽回《ばんかい》のチャンスを与えてもらったのは確かなのだ。

「分かりました」

「よろしい。それと、今日はみんなに渡すものがあるの」

野比は空いている椅子に載せてあったバッグを手に取った。A4サイズの封書を三通取り出し、銘々に配った。先月受けた社内健診の結果である。倉橋が首を傾《かし》げる。

「去年までは自宅に郵送されてきてましたよね」

家族が勝手に開封するトラブルがあり、今年から手渡しに変更されたのだと野比は言った。

「専務のお宅の話なんだけどね。肝機能の検査値が悪かったのを隠して、毎晩のように飲み歩いていたのが奥さんにバレて修羅場になったんだって」

野比は専務のお気に入りである。笑っていいところかどうか分からない。倉橋も軽く受け流すと、早速封を切って中身を見た。

「ああ、よかった。中性脂肪が正常値になってる。去年は基準値オーバーで、嫁にさんざん絞られたんです」

他にも精密検査が必要だったり、医療機関の受診が望ましいとされる項目は一つもなかったと言って、倉橋は胸を張った。

「すごいじゃないですか。私も見てみよう」

小陽が自分の封筒を開けた。すぐに笑みを浮かべる。

「問題なしです。これで心おきなく食欲の秋を満喫できます」

野比が航を見た。

「モトビはどう?」

どうと言われても困る。健診結果は究極のプライバシーである。教える必要などないと思ったが、野比は真面目な顔をして言った。

「教えて。精密検査や受診が必要だったら、すぐに有給休暇を取ってもらうから。私、そういうところは、割ときちんとしてるのよね」

倉橋がうなずく。

「開けてみろよ。有休が必要なら、この場で許可を出すから」

倉橋にまでそう言われては、断りづらかった。封筒を開け、健診結果のシートを引っ張り出す。

過敏性腸症候群という病気は、血液検査に影響が出るようなものではないのだろう。正常値を示すマークがずらりと並んでいたが、要再検査のマークが一つだけあった。血圧の欄である。これまで血圧が高いと言われたことはなかった。血圧を意識したこともない。だから、正常値からどの程度はずれているのかは分からないのだが……。

「高血圧みたいです。医療機関で再検査を受けろって書いてあります」

小陽が眉をひそめ、数値はいくつかと尋ねた。

「ええっと、上が一五六、下が一〇〇」

航が言うと、野比は鼻で笑った。

「病院なんか行かなくていいわ。むしろ、行ってはダメ。有休なんか出せないからね」

さっきと話が違いすぎる。それに、検査結果を無視しろと言うのは暴論である。理由を尋ねると、野比は驚いたように目を見開いた。

「知らないの？　高血圧っていうのは、医者と製薬会社が作り上げた病気なのよ」

かつては、上が一八〇ｍｍＨｇ、下が一〇〇ｍｍＨｇ以上で高血圧と診断されていた。ところが約二十年前、「一四〇／九〇以上を高血圧と判定する」という厳しい基準が日本高血圧学会によって設定された。今では「一三〇／八〇未満」に血圧を下げるべしという目標が掲げられている。

「そうしたほうが患者が増えて、薬が売れるでしょ。医者にとっても、製薬会社にとっても、都合がいいのよ」

倉橋がポンと手を打った。

「よく考えたものですねえ」

野比は得意げに続けた。

「医者や製薬会社は、素人を舐《な》めてるんだわ。難しいことなんか分からないと思って、患者を薬漬けにして、甘い汁を吸ってるのよ」

自信たっぷりに言われ、あっと思った。以前、処方してもらっていた過敏性腸症候群の薬が、ほとんど効かなかったのを思い出したのだ。症状が良くならないと訴えても、医師は「服薬を続けながら様子を見るように」と繰り返すばかりだった。

あれもそうだったのだろうか。

「ともかく、そういうわけで、モトビは高血圧でもなんでもないわ。病院に行っても寿命を縮めるだけだから、行っちゃダメ。どんな薬にだって副作用はあるからね。分かった？」

野比は嫌な人間だが、今の話には説得力があった。

「医者には行かず、様子を見ます。アドバイス、ありがとうございました」

野比はうなずいた。

「賢明な判断ね。まあ、病院なんか行ってる場合じゃないしね。シルバーウィークは正念場よ。明日から頑張りなさい」

戸締りを終え、店の裏で自転車の鍵を外していると、背後で人の気配がした。振り向くと、女性が立っていた。山本小陽だった。やけに険しい目つきをしている。

「忘れ物？」

「そうじゃなくて……。野比さんが言ったこと、無視したほうがいいですよ」

「チラシの話？」

小陽は首を横に振った。

「血圧のほうです。明日にでも病院に行ってください。綾瀬さんの年で、上が一五六ってかなり高いと思います。脳梗塞とか、心臓発作とかでいつ倒れても不思議じゃないかも」

ピンとこなかった。おなかの具合はずっと悪いが、血圧が高くて体調が悪いと感じたことは一度もない。

そう言うと、小陽は自分の身体を抱きしめるようにした。身震いをしながら言う。

「自覚症状がないのが高血圧の怖さなんですよ」

「そうなの？」

「私の叔父さんも血圧が高かったんですが、野比さんみたいなことを言ってました。自分はバカじゃないから、医者と製薬会社の陰謀には引っかからないって。それを聞いた私の両親は、なるほどと思っていたそうなんです。でも、叔父さんは去年、脳梗塞で倒れました」

半年ほど意識不明の状態で入院生活を送った挙句、亡くなったそうだ。

「両親は、自分たちを責めていました。なぜくだらない陰謀論なんかを信じてしまったのかって。叔父さんを病院に引っ張って行って降圧剤を飲ませれば、もっと長生きできたはずなんです」

小陽の目は真剣だった。

「明日、綾瀬さんは早番ですよね？」

「そうだけど」

朝九時から、午後六時までの勤務だ。

「私は、遅番なんですが九時に来るようにします。だから、綾瀬さんは、病院に行ってきてください」

急な腹痛に見舞われたことにすればいいと小陽は言った。

「そこまでしてもらう必要はないよ」

小陽がいきなり航の腕をつかんだ。声を荒らげながら言う。

「陰謀論に引っかかって命を落とすなんて、バカバカしいじゃないですか。それに、ここ半年ぐらいで、だいぶ痩せましたよね」

「それはそう……。実は過敏性腸症候群って言われていて、下痢をよくするんだ」

「それも、血圧のせいかもしれません」

いや、それは違う。過敏性腸症候群の原因自体はよく分からないようだが、悪化しているのはストレスのせいだ。とはいえ、反論するのは面倒だったし、吹きさらしの駐輪場で議論をしていてもしようがない。

「分かった、分かった。時間ができたら病院に行ってみるから」

受け流すと、小陽は納得できないというように、唇を噛《か》んだ。つかんだ腕を放そうともしない。だんだん腹が立ってきた。

「山本さんも聞いただろ。僕はリストラ候補なんだ。正念場だって言われたのに、休んでなんかいられないよ」

しかも、行くなと言われた病院に行ったのがバレたら、野比の心証はさらに悪くなってしまう。

「命より大事なものはないでしょ」

「綺麗《きれい》ごとを言うのは止めてくれ。そもそも、血圧が高いだけなのに、死ぬ、死ぬと脅されてるようで不愉快だ」

小陽の顔が歪《ゆが》むのが分かった。

「綾瀬さん、ひどい……」

「放っておいてくれ。僕の人生だ」

小陽の目に涙がにじんだ。

「後悔しても知りませんからねっ！」

踵《きびす》を返すと走り出す。

小陽が善意で言ってくれているのは分かる。しかし、状況を踏まえず、綺麗ごとを押し付けてくるのは、迷惑以外の何ものでもない。

航は自転車にまたがった。夜風が冷たかった。

2

その日、航は八時ちょうどに部屋着のまま部屋を出た。

昨日よりずいぶん涼しくなったようだ。肌寒さで身体が縮こまる。サンダル履きの足元が妙に冷たかった。航は、足を速めた。目指すは、徒歩三十秒ほどのところにあるコインロッカー式の野菜直販所である。離婚の報告を兼ねて年始帰省した際、おなかの調子が悪いと母に言ったら、野菜を積極的に食べるように強く言われた。以来、三日に一度ほど通っている。

当初は仕事の後に寄っていたのだが、ほしいものが売り切れていることが多いので、ふた月ほど前から、朝、出勤する前に出向くようにしている。直販所を経営する農家が毎朝八時ごろに野菜を補充しに来ると知ってからは、その時間を狙って行っている。

その農家の主《あるじ》は樫尾平蔵《かしおへいぞう》という名で八十歳を超えているそうだ。翔太《しょうた》という孫息子と二人で有機野菜を多品種少量生産している。「一人暮らしなので大根を一本買うと持て余してしまう」とこぼしたところ、自分がいるときは、数種類の野菜を少量ずつ組み合わせて売ると言ってくれたのだ。願ったり叶《かな》ったりである。

それに、平蔵との何気ない世間話は、気分転換になってよかった。航は人見知りな性質《たち》だが、なぜか平蔵とは普通にしゃべれた。

販売所に着くと、翔太が軽トラから野菜の入ったコンテナを下ろし終えたところだった。翔太は運転席に乗り込むと、軽くクラクションを鳴らして走り去った。コインロッカーに野菜を詰めるのは平蔵の役目である。

平蔵はいつものように、首にタオルを巻き、ジャイアンツの帽子をかぶっている。

「おはようございます」

声をかけると、威勢のいい声で挨拶を返してきた。

「おはよう。もうすぐ連休だね。といっても、ウチみたいな農家は休むわけにはいかないけど」

平蔵は野菜を詰めたコンテナから、膨らんだレジ袋を取り出した。節くれだった手で、それを渡してくれる。

「今日あたり綾瀬君が来そうだと思って、野菜セットを作っておいたんだ。百円でいいよ。大サービスだ」

中をのぞくと、大根二分の一本、ナス二個。それに、ピーマン二個と小松菜半束が入っていた。

「ナスとピーマンを味噌炒《みそいた》めにするといいな。豚バラも買ってきてさ。大根は下ろしにして添えるといいよ」

そう言うと平蔵は首をひねった。

「あれ？　俺、先週も同じことを言ったっけ」

そう言われて、はっとした。

先週買ったナスとピーマンが、冷蔵庫にそのまま入っているのを思い出したのだ。

そういえば、三日前に買ったジャガイモとトマトも手つかずの状態だ。このところ食欲がなくて、食べられなかったのだ。しかし、知らぬ顔をして袋を手にすると航は言った。

「美味《おい》しそうですね。いつもありがとうございます」

「なんの、なんの、こっちも綾瀬君には感謝してるんだ。ほら、前に言ってくれたじゃないか。うちの野菜を食べるようになって、体調がよくなったって」

そう言うと、平蔵は怪訝《けげん》な表情を浮かべた。

「にしては、顔色が悪いな。この前会ったときにも思ったんだけど、最近痩せたんじゃないか？」

「実はおなかの調子がまたよくないんです」

「病院には行ったのか？」

「前に通ってましたけど、処方してもらった薬が全然効かないんですよ。だから、止めてしまいました。医者って、必要のない薬を出して不当に儲《もう》けているって言うし」

平蔵が微妙な顔つきになった。気を取り直したように咳ばらいをすると尋ねた。

「そういえば、会社で健診を受けたと言ってたじゃないか。それには引っかからなかったのか？」

「おなかのほうは特に問題ないようです。高血圧だとは指摘されましたけど」

「その年で高血圧か。医者に行ったほうがいいな」

「いえ」

先日野比から聞いた話を平蔵にしてやった。

「製薬会社と医者の陰謀なんです。カラクリを知って、愕然《がくぜん》としましたよ」

平蔵は腕組みをした。

「俺も病院は好きなほうじゃないが……。やっぱり病院に行ったほうがよくないか？」

「必要ないですよ」

そろそろ引き上げようと思ったのだが、今日の平蔵は妙にしつこかった。

「それはそうと、連休中に休みはないのか？　あるなら一度実家に顔を出したらどうだ。茨城だったよな」

母の顔が脳裏に浮かんだ。昨夜、電話がかかってきて、顔を見せに来いと言われた。航だって本当は帰りたい。両親と三人で茶の間に座り、のんびりとテレビでも見たかった。でも、それどころではないのだ。

勤務が終わった後、こつこつとポスティングをしているが、目に見えるような効果は出ていない。今の様子では、店はたぶんノルマを達成できない。そうしたら、きっとまた野比はそれを航のせいにする。

休日を返上して店に出て、やる気だけでも見せておかなければ、リストラ対象になるのは間違いない。

「休暇なんてありませんよ。次に休めるのは、たぶん最終週かな……」

平蔵はあんぐりと口を開けた。

「ブリナントカっていう服屋で働いてると言ってたよな。誰もが知ってる大手じゃないか。労働基準法を知らないわけでもないだろう。そのうち、訴えられるんじゃないか？」

「労働基準法なんて、綺麗ごとですよ。それに、書類上は問題ないんだと思います。今日だって本当は休みなんです。僕が自主的にサービス出勤するだけで……」

平蔵の目つきが険しくなった。

「どうしてそんな必要があるんだ」

だんだん煩わしくなってきた。小陽と同じだ。平蔵も、善意の人ではあるのだろう。しかし、綺麗ごとは、身動きが取れない人間を苦しめる。

「野菜のサービス、ありがとうございました」

頭を下げ、来た道を引き返し始めたところ、平蔵に腕をつかまれた。

「綾瀬君、あんたおかしいよ」

「おかしいって?」

「さっきも言ったように、急に痩せたみたいだし、目がうつろだ。それに、その足……」

足元に目をやり、はっとした。右足にはソックスを履いているのに、左足は裸足《はだし》だった。

「疲れてるんだよ。今日は休んだほうがいい」

平蔵は航の腕をつかんだまま、携帯電話で誰かに電話を始めた。

いったい何をしようというのだ。なんにせよ、余計なお世話である。

平蔵の手を振り払おうとしたが、節くれだった指がしっかりと食い込んでいる。力仕事を何十年も続けてきた人間の手だった。

五分後、航は平蔵と一緒に、軽自動車の後部座席に乗っていた。運転席でハンドルを握っているのは、平蔵の孫息子、翔太である。

平蔵は、病院に行くべきだと言って譲らなかった。懇意にしている医者がいるので、そこに連れて行くという。

——仕事に行かなければならない。そんな時間はない。

いくらそう説明しても、平蔵は腕を放してくれなかった。押し問答を繰り返しているうちに、新品のソックスを持った翔太がいつもの軽トラではなく軽自動車で登場し、半ば拉致されるような形で乗せられたのだ。

足が冷たかったのでやむなく翔太が持ってきたソックスを履いた。ブリーゼの商品ではないのが不満だった。やっぱり、ブリーゼのものはいい。ソックスだって、庶民的な値段で、高級品の手触りだ。そんないい会社を首になるわけにはいかないのだ。

青島《あおしま》総合病院に来るのは初めてだった。この地域の中核病院の一つのようだ。門を入ると、要塞のような立派な建物が聳《そび》え立っていた。駐車場は地下との看板が出ている。

ところが、平蔵の指示で翔太が車を停《と》めたのは、雑木林の入り口だった。細い砂利道が奥へ続いている。

「じいちゃん、本当にここでいいのか？」

「ああ。間違いない。ありがとう」

平蔵は航を促して車を降りた。翔太は軽く手をあげると、来た道を戻って行った。

「さあ、行こう」

平蔵は航の背中に手を当てて砂利道を歩き始めた。

空は真っ青なのに、空気が冷たかった。吐く息が白い。湿度が低いのか、鼻の粘膜がひりひりしてきた。平蔵に背中を押されながら、航は歩いた。次第に自分の呼吸が深くなっているのに気づいた。胸の内側も、ひりひりするようだ。

平蔵が小首を傾げた。

「なんか音がするな」

そういえば、パン、パン、という音がする。五秒に一回ぐらいの間隔だ。その合間に、「はいっ」という女性の声が聞こえてくるのにも気づいた。ここは病院の敷地内である。何をやっているのかといぶかしく思いながら、足を進める。

ふいに目の前が開けた。洋風の平屋が視界に入る。そして、さっきの音の正体が分かった。玄関前のポーチに、臼《うす》が出してあったのだ。

杵《きね》を振り上げているのは、鮮やかなブルーのレインスーツの上下を着こんだすらっとした男である。オレンジ色のスウェット上下を着た小柄な女性が、「はいっ」と合いの手を入れながら、餅を返していた。

平蔵が伸びあがるようにして、彼らに手を振った。

「おーい、青島先生!」

航はギョッとした。彼がこれから診てもらう医者なのだろうか。

男が杵を振り下ろした。軽快な音がした。男は杵の頭を臼の中に入れたまま、顔を上げた。

「お久しぶりですね、樫尾さん。お待ちしていました」

まさかとは思ったのだが、診察室は平屋の中にあった。総合内科という診療科のようだ。

診察室の椅子に平蔵と並んで座って待っていると、青島が入ってきた。驚いたことに、ハーフパンツを穿《は》いていた。

場違いながら、似合っていた。中年以上の男性で、ハーフパンツを穿きこなせる人間はそうそういない。たいていの場合、団扇《うちわ》を持たせたらしっくりきそうな雰囲気になってしまう。だが、青島の場合は違った。高級リゾート地で散策を楽しんでいる休暇中のビジネスマンのようである。

青島はスタイルもいい。特にふくらはぎの形が理想的だ。それが格好よく見える理由の一つだろう。裾がやや細くなっているパンツのデザインもいいのかもしれない。

中年が格好良く穿けるハーフパンツ……。来夏の商品ラインに入れたら、面白いかもしれない。

青島はハンガーにかけてあった白衣を羽織ると、診察用の椅子に腰を下ろした。

「ちょっと待ってくださいね。ミカちゃんが餅の用意をしてますから」

平蔵はスツールに腰を下ろすと言った。

「いまだに暇なのかい？　俺が世話になった頃は、開業したばかりだったけど、あれから一年以上経《た》つじゃないか」

青島は苦笑した。

「忙しくはないけど、患者さんは増えてますよ。今日だって、樫尾さんが新しい患者さんを連れてきてくれた。口コミってありがたいですね」

彼の言葉が終わる前に、奥にあるドアが開き、オレンジ色のナース服を着たさっきの女性が顔を出した。あんこを載せた丸い餅を盛った皿の並んだお盆を手にしている。

餅は一口サイズだった。

「はい、正真正銘のつきたてです」

そう言いながら、皿を手渡してくれた。平蔵はさっそく餅を口に運んでいる。

「樫尾さんの家では、餅つきは？」

ミカと呼ばれたナースが聞いた。

「昔は米も作ってたから、餅もついてたけど、今は野菜だけだからねえ。綾瀬君も食べなよ。うまいから」

気乗りはしなかったが、出されたものを断るのも悪いと思って、餅をつまんだ。見た目以上に柔らかい。そう思った瞬間、猛烈な食欲がわいてきた。触覚で食欲が刺激されるなんて、初めての経験だ。航は夢中で餅を食べた。

ミカがウェットティッシュを渡してくれた。それで指先をぬぐうと、航は言った。

「ごちそうさまでした。こんなに美味しい餅は初めてです」

「珍しいもち米を使っているんです。食味は最高だけど、栽培が難しいらしくて、なかなか手に入らないんです」

九州にいる知り合いの農家が、天日干しをしたばかりの今年のもち米を送ってくれたのだそうだ。

それからひとしきり、青島と平蔵はもち米談義をした。ミカが淹《い》れてくれた日本茶を飲むと、青島は言った。

「それで今日は？　綾瀬さんが僕に相談したいことがあるんでしたっけ」

航が口を開く前に、平蔵がうなずいた。

「綾瀬君は、医者に不信感を持っているようなんだな。俺もかつては病院嫌いだった。

だけど、先生にお世話になって、考えを改めたんだ。おかげさまで、緑内障の進行も食い止められたし、先生には感謝しかないよ。だから、綾瀬君も先生と話してみたらいいと思って」

　青島が航の顔を見た。

「具体的にはどういうことでしょう？」

「いえ、僕は……。医者にかかる必要がないだけで……」

　平蔵が憤慨したように鼻を鳴らした。

「そんなはずがあるものか。さっき言ってたじゃないか。高血圧は、製薬会社と医者が作り出した病気だとかなんだとか」

　青島の顔がぱっと輝いた。

「その話ですか。得意分野です。同じような相談を何回か受けていますから」

　そう言うと、青島は航に向かって言った。

「端的に言えば、あなたのおっしゃる通りです」

「えっ？」

「高血圧は、医者と製薬会社が作り出した病気です」

　青島は真面目な顔つきで言った。頭ごなしに否定されると思ったので驚いた。

「そうなのか？」

平蔵も面食らったように言う。

「高血圧には自覚症状がほとんどありません。昔は誰も病気だなんて思っていなかったはずです。ところが、医学の進歩によって、高血圧の人が薬で血圧を下げると心臓疾患や脳疾患の発症リスクが減ることが分かってきたんです。ならば、血圧を下げたほうがいいという話になり、薬が普及しました。そういうわけで、医者と製薬会社が存在しなければ、確かに高血圧という病気は存在しなかった」

なるほど、と航は思った。青島の話は、非常に納得できるものだった。野比に話を聞いたときには、医者と製薬会社が結託して、患者にあることないことを吹き込み、本来なら不要な薬を押し付けているという印象を受けたのだが、そういうことではなさそうだ。青島は説明を続けた。

「基準値が引き下げられたのにも、理由があります」

基準値は、患者を何年にもわたって追跡研究して集めた結果をもとに定められる。データが集まれば集まるほど、研究の信頼性は高まっていく。それに従って、基準値が変更されるのは不思議なことではない。

航は何度もうなずいた。青島の解説があるのとないのでは、大違いである。

〝陰謀〟の実態を知ると、にわかに不安になってきた。小陽の言っていたことを思い出したのだ。

「突然、発作で倒れる可能性もあるってことですよね。そう言ってる人がいました。僕は一五六、一〇〇だったんですが、今すぐ、血圧を下げる薬を飲み始めるべきでは？」

「一度測定しただけでは、何とも言えません。今、ここで測ってみましょう」

診察台に座っていたミカが、ピョンと床に降りた。

棚から素早く血圧計を取り出し、青島に渡す。青島は航の腕に腕帯を巻くと、血圧を測り始めた。

「一四八の九八か。確かに高いな」

「では、薬を飲まないと僕は……」

青島は首を横に振った。

「薬は飲まないに越したことはありません。お金がかかるし、副作用のリスクもあります」

「えっ、でも……」

混乱してきた。高血圧は薬で治療するべきなのか。それとも、薬を飲むべきではないのか。

青島は微笑《ほほえ》んだ。

「綾瀬さんは、情報に振り回されすぎなのでは？」

た。

――高血圧になっても降圧剤は飲むな。高血圧になったら降圧剤を飲め。

どちらも、ある意味、正しい。そしてどちらもある意味間違っていると青島は言っ
た。

「要はケースバイケースなんです」

平蔵が首をひねった。

「もっとこう、ズバッと断言してくれないと、素人には理解できないよ」

「樫尾さんのようなことを言う方は多いですね。逆に言えば、だからこそ極論が脚光を浴びやすい。でも、実際のところ、患者さんに何が必要かは、患者さん本人と、診察した医師にしか分からないんです。例えば綾瀬さんの場合……」

何らかの対処は必要だと青島は言った。

「まずはしばらく自宅で血圧を測ってください。その結果、高血圧だとはっきりしたら降圧剤を飲むのもいいですが、同時に生活習慣を見直してみてはどうでしょう。運動療法や食事療法を取り入れれば、血圧が正常範囲に戻る可能性は十分にあります。そうしたら、降圧剤は必要なくなる。逆に言えば、運動療法も食事療法も行わず、降圧剤に頼るのは、僕はお勧めできないな」

航は、ふうっと息を吐きだした。

こんがらかっていた糸が、きれいにほどけたような気分だ。

「もう一つ、綾瀬さんに伝えておきたいことがあります。さっき電話で樫尾さんに聞いたんですが、仕事が相当忙しいとか？」

　そう言われて、航ははっとした。餅つきで度肝を抜かれ、つきたての餅の美味《うま》さに感動した。その後は、青島の巧みな話術にすっかり心を奪われていた。そのせいで、すっかり忘れていたが、のんびりしている場合ではなかったのだ。

「すみません、時間が……」

「もうちょっといいじゃないか」

　平蔵が言ったが、航は席を立った。

「今日はありがとうございました」

3

　連休の初日に続き、二日目も航は朝イチから出勤した。昨日は通常勤務、今日はサービス出勤である。

　これで月初から三週間連続の出勤である。しかも、連休直前まで勤務が終わった後、近隣でポスティングをしたので、身体は疲れ切っていた。

　それでも、休むという発想はなかった。昨日から始まったセールで、どれだけ売り上げを伸ばせるかが、自分の将来を決めると言っても過言ではないのだ。

昨日は、まずまずの売り上げだった。しかし、今日がどうなるかなんてわからない。部屋で寝てなどいられなかった。

それに、今日は野比が様子を見に来るかもしれないそうだ。力が及ばなかったとしても、少なくとも努力はしたとアピールしなければ、確実にリストラ対象になってしまう。

開店三十分前に出勤すると、倉橋が言った。

「綾瀬は、品出しを頼む。目玉商品のサイズを切らさないように、注意してくれ。昨日も言ったように今日は野比さんが来るかもしれない。辛気臭い顔をしないように注意したほうがいいぞ。あと、その髪はまずいな」

航は前頭部に手をやった。意識がもうろうとした状態で出てきた。たぶん寝癖がついたままだ。

「トイレのシンクの下の戸棚に俺の整髪剤が置いてあるから、直して来いよ」

「すみません」

頭を下げると、倉橋は航の背中をトンと叩いた。

「ちょっと見直した。昨日、客の入りがよかったのは、お前が配ったチラシのおかげだって野比さんに報告しとく」

倉橋は、「がんばれ」と言うように、拳を握ってみせた。

髪を整えて、ストックルームに行くと小陽がいた。床にかがんで段ボール箱からレディスのセーターを出している。

「あっ、綾瀬さん」

小陽は立ち上がった。

「今日ぐらい休めばいいのに。出ずっぱりでは、身体、壊しちゃいますよ」

「何度も言うようだけど、そうも言っていられないんだ」

「相変わらず、顔色悪いですよ」

「この前言っただろ？　病院には行った。もう大丈夫だ。それより、今度時間があったら、血圧についてレクするよ」

野比に何を言っても無駄だろうが、小陽は、もともと性格のいい子だ。おかしな方向に進んでほしくなかった。

いぶかしそうな顔つきの小陽に背を向け、倉橋に渡されたメモに従って段ボール箱の開封を始めた。

恐れていた通り、午前中の客入りは悪かった。朝はあんなに親切だった倉橋が、見る見るうちに苛立《いらだ》ち始める。喉が痛かったので、控室でのど飴《あめ》を舐めていると、「サボるな」と言って小突かれ、ストックルームに追い立てられた。

人間、余裕がないと、他人に当たり散らすものなのだろうか。もしそうだとしたら、当たられるばかりの自分のような人間は、誰に当たればいいというのだろう。

そんなことを考えながら、黙々とストックルームと売り場を往復していると、ふと元妻のことを思い出した。

異動してからしばらくの間、自分は彼女に当たり散らしてはいなかっただろうか。きつい言葉で責めた覚えはない。でも、愚痴は散々聞かせた。当てこすりも言ったような覚えがある。

認めたくはないが、彼女が妬《ねた》ましかった。希望して移った部署で、生き生きと働いている姿を見るのが辛かった。彼女が深夜まで帰宅しなくなったのは、航の態度が原因だったのかもしれない。

離婚の原因は、彼女の性格にあると決めつけていた。でも、実はそうではなかった可能性がある。少なくとも、きっかけを作ったのは自分だ。

その考えは、航をひどく落ち着かない気分にさせた。段ボール箱を開封する手を止め、その場に膝をついた。身体を丸め、箱に額をつける。目の奥が熱くなってきた。

別れても元妻が同僚であるのは変わりがなかった。いつか何かの機会に顔を合わせるかもしれない。そのときが来たら、彼女に謝ろう。復縁など望んでいないが、彼女に嫌な思いをさせてしまったのは確かなのだから。

そのとき、ふいにストックルームのドアが開いた。あっと思ったときには遅かった。パンツスーツを着て、胸元に派手なスカーフを巻いた野比が仁王立ちしていた。

「ちょっと！　なんで、こんな忙しいときに寝てるわけ？」

押し殺した声で言う。航は跳ね起き、直立不動の姿勢をとった。そして、深く頭を下げる。

「すみません。つい……」

「セール品のソックスが切れそうよ。お客さん、怒って帰っちゃうわ」

「分かりました。すぐに補充します」

「あと、話が変わるんだけど、連休明けの朝一番に本社に行って」

「何かあるんですか？」

「販売部長に謝ってほしいの。クラちゃんに言って、シフトは調整してもらったから」

話がまったく見えなかった。

「それはどういう……」

野比はため息をついた。

「部長、カンカンなのよ。チラシを二万枚もポスティングするなんて、壮大な無駄だ、

いっていると、野比は視線をそらして言った。

チラシ代も人件費も、もったいないって。チラシ代はともかく人件費はかかっていないって言ったら、社員にサービス残業をさせるなと怒られちゃったし」

だからといって、なぜ自分が部長に謝りに行かなければならないのだ。不思議に思っていると、野比は視線をそらして言った。

「私、言っちゃったんだ。綾瀬君が店のノルマを達成するために、無断でチラシを発注しちゃったって。そういうわけで、綾瀬君に事情を聞きたいんだって」

思わずのけぞりそうになった。いくらなんでもあんまりである。

野比は両手を合わせた。

「勝手なことをしてすみませんって部長に謝って。私も同席してフォローするから」

野比はバツが悪そうだった。しかし、そこは野比である。航が黙っていると、冷たい目をして言った。

「私の評価を下げるような真似《まね》をしたら、あなたをリストラ候補に挙げるからね」

重苦しいものが喉元をせりあがってきた。野比は人事権を握っている。だから、結局、こうなってしまうのだ。

「部長は、朝九時半ごろに出社するわ。その後、十一時の会議までは、デスクで書類仕事をしてるみたい。十時前後に来てちょうだい」

野比はそう言い残して去って行った。

閉店五分前になった。客がぐちゃぐちゃにしたワゴンの中の商品を畳み直していると、小柄な女性が隣に立った。オレンジ色のダウンジャケットを着ている。

「あれ？　あなたは……」

「総合内科のミカでーす。樫尾のおじいちゃんにここで働いているって聞いたから、来てみたの」

ミカはそう言うと、ワゴンの中を素早く物色し、黄緑色のカーディガンと、紫色のカットソーを手に取った。どちらも着る人を選ぶ強い色味だが、ミカに迷いはなかった。

「これにしようっと。スタッフさん、素敵なのを選んでくれてありがとう！」

大声で言った。航の成績を上げようとしてくれているようだ。

レジに向から前にミカは小声で言った。

「あたし、車で来てるんだ。今日は十七時まででしょ。お店が終わったら、ドライブしましょう。家まで送ってもいいし。なんなら食事をしても」

小動物のような目をクリクリさせながら言うと、航が返事をする前に、小走りにレジへ向かった。

店を出ると、目の前にオレンジの軽自動車が停まっていた。運転席からミカが降りてきた。助手席のドアを開け、「どうぞ」と言う。

この間の話の続きをされるに決まっている。気は進まなかったが、猛烈に眠かった。今、横になったら泥のように眠り込んでしまうだろう。自転車で帰るより、乗せてもらったほうが安全かもしれない。

「送ってもらうだけでもいいですか？」

住所を伝えると「もちろん」と言って、ミカは運転席に乗り込んだ。エンジンをかけながらミカは言った。

「この前は驚いたでしょう。うちの先生ってドクターらしくないから」

「とんでもない。先生の話はとてもタメになりました。今度、過敏性腸症候群についても相談してみたいかも」

「初回の相談料は千円だけど、二回目以降は二万とか三万になっちゃうけど」

「……高いですね」

「保険がきかないし、患者さんがあまり来ないからしようがないんですよねー」

総合内科は青島病院とは組織が別で、独立採算なのだとミカは言った。

「先生もあたしも、お給料は普通のドクターやナースの半分以下。それでも赤字になることがあるんです。そういうときには、先生がポケットマネーで補填《ほてん》してくれるけど」

「なんで、そこまでして？」

「どうしても必要な仕事なんですって。今の病院って、患者さんの雑多な悩みをじっくり聞く場がないんですよ。ドクターによる医療相談は時間がかかるし、保険がきかないでしょ。採算がとりにくいんです。逆に言えば、病院はそういう場をあまり作りたがらない。高い費用を払ってまで相談したい人も少ないし」

青島総合病院も例外ではなかったとミカは言った。

「院長を兼ねてる理事長はうちの先生の弟さんなんですが、コスト意識がものすごく強くって。それが悪いってわけでもないと思うんですよ。理事長のおかげで立派な病棟が建って、いいドクターが集まるようになったし。経営的には万々歳です。でも、三分どころか、一分診療も珍しくなくなっちゃって……。そんな流れに歯止めをかけたいって考えたうちの先生が、医療相談を専門にやるって言い出したんです」

理事長は、採算がとりにくいのを理由に却下した。諦めきれなかった青島は廃屋となっていたあの平屋に手を入れ、総合内科の看板を挙げたのだという。

「立派な人なんだね。でも、青島先生には、それなりに資産があるはずだから、そういうことができるんだろう。ミカさんはどうして？」

「必要な仕事だとあたしも思うから」

ミカはそう言うと少し笑った。

「というのは表向きの理由で、実際には青島総合病院に居づらくなったんです。副院長のセクハラを告発して、結果的に辞めさせてしまったから」

サバサバとした口調だった。

「冗談半分に胸やお尻を触られるぐらいだったので、我慢してたんです。でも、だんだんストレスで身体がおかしくなってきて……。ほかのナースも被害に遭っているという噂もあったので、理事長に相談したんです。理事長は、煮え切らないかんじでした。及び腰っていうか。そうしたら、たまたまその場にいたうちの先生が、うまい方法を考えてくれたんです」

その後、さらにゴタゴタがあり、副院長は辞職した。

「理事長には恨まれました。あたしも居づらくなりました。だから辞めて他の病院に移ろうと思っていたところ、青島先生に今の総合内科を作るから来てほしいと誘われたんです」

「よく決心できましたね」

「先生の人柄にひかれたし、あたしも実家暮らしだし……。それに勘ですよ、勘。楽しく働けそうな気がしました。だって、自然体でいいって言うんですよ？　言葉遣いや服装は好きにしていい。そのほうが雰囲気が明るくなって、患者さんもリラックスできるだろうって。結果オーライでしたよ。毎日、笑って仕事ができるのが最高です。ウチの先生はスイーツオタクなので美味しいスイーツも食べられるし」

そうは言っても、最初のころは給料が少なくて落ち込んだとミカは言った。

「でも、お金がないのは、悪いことばかりではないと分かりました。例えばさっきもそうでしたけど、売れ残って値下げされる服って、変わった色が多いじゃないですか」

「まあそうだね」

「変な色の服しか買えなくて悲しかったんですが、そのうち自分には原色が似合うって分かりました。大収穫です」

車を降りる前に、一つ確認したいことがあった。

「青島先生のハーフパンツは？　あれも、好きだから穿いてるの？」

ミカは声をあげて笑った。

「気になりますよねー。今はまだ季節的におかしくはないけど、冬も基本的にあの格好なんです」

そう言うと、一転して真面目な声になった。

「変人扱いされて、損じゃないですか？　って言ったことがあるんです。そうしたら、この格好のほうが生きやすいんだって」

今はあんな廃屋同然の場所で細々と診療を続けているが、青島は以前、有名な大学病院の准教授で、次期教授の呼び声が高かった。米国の大学病院に勤務していた際、臨床研究で顕著な業績を上げ、国際内科学会の理事に抜擢《ばってき》されたほどの実績の持ち主でもある。

「医者界のスーパーエリートなんですよ」

うらやましい限りだが、青島は自分の立場に困惑していたそうだ。力を持っている、あるいは持ちそうな人間の周りには、様々な人がすり寄ってくる。当然、何らかの見返りを期待してのことだ。

「先生は、そういうのが苦手なんです。散々な目に遭ったこともあるみたい」

嫌な相手を寄せ付けないために、わざと奇抜な恰好《かっこう》をし、自分は変人だと自己主張しているのだとミカは言うと、ふっと笑った。

「相手に伝わってるかどうか微妙ですよね。無駄にいいものを着てるから」

その通りである。ファッションを仕事としている航としても、人目を気にしない変人なのか、究極のオシャレさんなのか、判断しづらいものがあった。

「ともかく、彼女を作る気がないイケメンが、女除《おんなよ》けのためにダミーの結婚指輪をつけてるみたいなものなんです。本当に自分を必要としている患者さんは、服装なんて気にしないから、問題ないって言ってました。スイーツに目がないのを隠そうともしないのも、同じ理由みたいですね」

なるほど、それで謎が解けた。どうでもいい話ではあるが、妙にすっきりした気分だ。送ってもらってよかった。

「すみません、このへんで降ろしてもらえますか？」

ミカは車を停めると、身体をひねって航を見た。

「もうちょっとだけ……。樫尾のおじいちゃんに聞いたんだけど、綾瀬さんの今の職場、相当ブラックなんですってね。パワハラ野郎とかいるんですか？」

「そんなところです」

野郎ではなく女史なのだが、と心の中で付け加える。

「うちの先生が言ってました。ハラスメントは、戦うか逃げるかのどっちかだって。あたしもそう思います。あたし自身がストレスで壊れかけたから……。綾瀬さんの場合も過敏性腸症候群や高血圧は、身体の悲鳴かも」

「そうは言ってもね……」

「健康より大切なものはないんじゃないですか？」

小陽に似たようなことを言われたときには綺麗ごとと感じた。しかし、今はすんなりと心に染みた。ミカが、実際に壊れかけた人間だからだろう。

身体の悲鳴か……。なるほど、そういうものかもしれない。腑《ふ》に落ちるのと同時に、モヤモヤしていた心が、やっと決まった。

はっきり言って、自分は仕事ができない。それについて野比に責められるのは仕方がない。でも、言ってもいないことを言ったことにされ、野比に代わって部長に頭を下げるなんて絶対にできない。たとえ、リストラに遭う羽目になってもである。それをやってしまったら、自分が自分ではなくなってしまうような気がする。

航はミカに頭を下げた。

「ありがとうございました」

4

連休明けの朝、航はいつもより少し早く起きた。自宅アパートから本社まで、一時間ちょっとかかる。

久しぶりにスーツに袖を通した。といっても、コスパが抜群のブリーゼのものだ。ストレッチがやや入った素材で着心地もいい。

駅までのバスを待っていると、ふいに目の前に軽トラが停まった。助手席の窓が開き、樫尾平蔵が顔をのぞかせた。いつものジャイアンツの帽子をかぶっている奥の運転席で、孫の翔太が手を振っている。

「どうだい、体調のほうは？」

「おかげさまで、もう大丈夫です。ご心配をかけてすみませんでした」

「なーに、困ったときには、お互いさまだよ。青島先生と話して納得できたかな？」

「あ、はい。それもあって体調がよくなったんだと思います」

平蔵の顔がほころんだ。

「そうか。俺が思った通り、いい先生なんだな。機会があったら、誰かに紹介してやってよ。患者が少なくて困っているみたいだったから」

翔太が口を挟んだ。

「だったら、ネットの病院評価サイトにでも書き込みをしたら？」

平蔵は首をひねった。

「それはどういうものだ？」

そのとき、クラクションが鳴り響いた。駅に向かうバスが到着したのだ。

「おっといけない。じゃあ、またな」

平蔵が手を振り、翔太が会釈をする。軽トラは軽快なエンジン音とともに走り去った。

電車の接続が思いのほかスムーズだったため、本社に着いたのは、九時過ぎだった。

ちょっと早すぎる。まっすぐ販売部に行き、何があったのかと同僚に詮索されるのは面倒だ。

航はエントランスホールのベンチに座って時間をつぶすことにした。

運が良ければ、部長が通りかかるかもしれない。そうしたら、野比抜きで話をするのも悪くないだろう。

エントランスをちらちら見ながら待っていると、知った顔が入ってきた。

「あら、綾瀬君じゃない。久しぶりね」

商品企画部長の都田峯子《つだみねこ》が、ショートカットのグレイヘアを揺らしながら頭を下げた。

自社製のダスターコートを着ている。若者向けのデザインなのだが、きゃしゃな都田にとてもよく似合っていた。

相変わらずおしゃれな人だなと思いながら、視線をそらせ気味にして会釈をした。何食わぬ顔で挨拶され、胸の中が煮えくり返るような思いだったのだ。思えば、この人に商品企画部を追われたことから、航の悲劇は始まった。

都田はエレベーターに向かわず、なぜか航のほうにやってきた。隣に腰を下ろしながら言う。

「販売の仕事はどう？」

「どうと言われても」

「お客さんと話すと勉強になるでしょう」

「販売の仕事を極めたいわけでもないので……」

　都田が怪訝な表情をしているのが、無性に腹が立つ。この後、一世一代の大勝負をかけて、パワハラを告発するのだ。この際、言いたいことは言ってしまおう。

「それより都田さん、教えてください。どうして僕を商品企画部から出したんですか？　おかげで、僕のキャリアは最悪ですよ。販売部でも本社勤務ならともかく、あんな田舎の店に配属されて……。客層だって、地元のおばちゃんやヤンキーみたいのが多くて、やってられませんよ」

　都田は眉をひそめた。

「ちょっと待ってよ。それじゃあ意味がないじゃない」

「ですよね。今の仕事に、まったく意味なんか感じません。なんで、僕があんな店舗で働かないといけないんですか。本社の目が届かないのをいいことに、パワハラ課長が大手を振って歩いているし」

　実は、今日はパワハラについて部長に告発に来たと言うと、都田は目を見張った。

「そんなことになっているなんて知らなかった。責任を感じるわ。実はあなたを郊外の店に配属してほしいと販売部長に頼んだのはこの私なのよ」

寝耳に水である。航はまじまじと都田を見た。

「どうしてそんなことを……」

「お客さんに関心を持ってもらいたかったの。綾瀬君にセンスはあると思う。でも、そのセンスは、綾瀬君が満足する服を作るセンスであって、お客さんのための服を作るセンスではなかった。そして、私たちのお客さんは、都心のおしゃれな街を歩いている人たちばかりではないでしょう」

頭を殴られたような気分だった。そして、猛烈に腹が立った。都田に対してではない。自分にだ。

都田が言うように、ブリーゼは本来そういうブランドだ。誰でも買えて、誰でも着られる。そこがいいのだ。なのに、いつしかそういう気持ちを忘れてはいなかったか……。

「パワハラの件、私が話を聞こうか？　そして、それとなく販売部長に話してもいいわよ」

都田に言われ、少し迷ったが、航は首を横に振った。うじうじしたデモデモダッテちゃんは、今日限り卒業だ。

「大丈夫です。それよりお願いがあります。しばらく今の店で勉強させていただきますが、いずれまた商品企画部に……」

都田は大きくうなずいた。

「もともとそのつもりよ」

エントランスから野比が入ってくる。なんだかいつもより小さく見えた。ふと笑いがこみあげてくる。仕事はできるのだろう。でも、しょせん、血圧陰謀論を大真面目に語る人間だ。怖がる必要なんかない。

「じゃあ、行ってきます」

正々堂々と主張すべきことを主張しよう。その後、社内の売店に寄ろう。社員証を見せれば、ブリーゼの商品が三割引きで買えるのだ。

平蔵と翔太におそろいのセーターを贈ったら喜ぶだろうか。それとも、違うデザインのほうがいいだろうか。

ミカにはオレンジのマフラー、青島にはハーフパンツに合わせて履けそうな柄物のソックスがいいだろう。

野球帽を愛用している農家の老人にも、個性的な服を好むイケメンドクターにも似合う服をいつか自分の手で作りたい。そう思いながら、航は立ち上がった。

販売部長のデスクは、販売部の奥まった場所にあった。入り口から中をのぞくと、部長はすでに着席していた。新聞を広げて読んでいる。部長は、この春、老舗アパレルメーカーから転職してきたベテランだ。昭和の時代の習慣を、今でも続けているなんて、ある意味すごい。

航は、他の販売部員たちの目を見ないようにしながら、販売部長の席へ進んだ。

そのとき、背後から声をかけられた。

「モトビ？　じゃなくて綾瀬君？」

野比だ。条件反射で身体がびくっとしたが、奥歯を嚙み締め、まっすぐ前に進んだ。

「すみません、部長。ちょっといいですか？」

声をかけると、部長が顔を上げた。老眼鏡に手をかけながら言う。

「ええっと、君は……」

「西多摩店の綾瀬航です」

いつの間にか、野比が隣に来ていた。

「部長、先日のチラシの件で……」

部長は「ああ、うん」と言って、再び老眼鏡をかけた。航をにらみつけるようにしながら言う。

「なんで独断であんなことをしたんだ。言い訳があるのなら聞こうじゃないか」

航の前に、野比が口を開いた。

「綾瀬君には、大いに反省してもらう必要があります。ただ、悪気はなかったと思うんです。真面目な性格なので、店の売り上げをどうにかしたいと思い詰めて……」

よくそんな出まかせが言えるものだとあきれながら、野比を遮った。

「部長、そうではないんです。実は……」

部長が眉を上げげた。怪訝な表情を浮かべている。

「綾瀬君！」

野比が恫喝《どうかつ》するような声を上げた。航は、握った拳に力を込めて自分を奮い立たせた。ここで引き下がったら、自分は永遠に変われない。変わりたい。変わるのだ。無駄なプライドや嫉妬でがんじがらめになっていた過去の自分と決別し、新しい人生を踏み出すのだ。

航は勇気を振り絞って喉の奥から言葉を押し出した。

「チラシを発注したのは、野比さんです」

何かが身体を突き抜けた。

奇跡のメソッド

1

青島《あおしま》総合病院の大会議室には、刺々《とげとげ》しい空気が充満していた。皮膚科勤務の看護師、魚住相子《うおずみあいこ》は出入り口に一番近い末席で大柄な身体《からだ》を縮め、時が過ぎるのをひたすら待っていた。

片仮名の「ロ」の字形に配置された長テーブルを囲んでいるのは、理事長兼院長の青島柳司《りゅうじ》と各診療科、各部の部長クラス十数人。いずれもこの病院の管理職である。

相子の役職は看護師長だ。看護部では部長より年長の最古参だが、管理職になるより現場で働くことを選んだ。それはともかく、本来、この会議のメンバーではないのだが、忌引きで休みを取った看護部長に頼み込まれ、代理で出席している。

発言する必要はもちろんない。決を採る機会があれば、何も考えずに事務長の意見に従えばいいと部長が言うので、軽い気持ちで引き受けたのだが、今となっては後悔しかない。というのも、会議が後半に差し掛かったとき、総合内科とその主宰である青島倫太郎《りんたろう》の糾弾大会が、突如として始まってしまったからだ。

海坊主のようなぬらりとした頭を撫《な》でながら、内科部長が吐き捨てた。

「まったく、やってられませんよ。言いがかりにもほどがある」

糖尿病で内科に通院している患者が、帰りがけに総合内科を訪れ、内科部長自身が処方をした薬のうち一種類を減らしても問題ないと倫太郎に助言を受けたそうだ。患者はその足で内科に引き返し、「患者を薬漬けにするつもりか」と激怒し、転院してしまったという。

「処方した薬が体質に合わないケースなんて、ごまんとあります。そういう場合、患者は主治医である私に直接言うのが筋でしょう。そうしてくれれば、私だって、当然対処法を考える」

相子の隣に座っている検査部長が、大きくうなずく。

「検査部も大いに迷惑しています。昨日も、スタッフが患者に詰め寄られました。胃のレントゲン検査なんて時代遅れだって。倫太郎先生に悪知恵をつけられたようです」

その後も、各診療科の部長たちの総合内科への不満や怨嗟《えんさ》の声は続いた。柳司は精《せい》悍《かん》な顔をやや歪《ゆが》めながら、軽く目を閉じている。その表情からは、彼が総合内科、そして実兄の倫太郎についてどう考えているのかは、窺《うかが》い知ることができない。相子は、心の中でため息をついた。

総合内科は病院の正式な部門ではない。前理事長の長男の青島倫太郎が、去年の春に敷地内の廃屋となっていた初代診療所を勝手にリフォームして看板を掲げたのだ。

スタッフは倫太郎のほか、看護師が一人。かつて相子の部下だった小泉《こいずみ》ミカである。自由診療で医療に関するよろず相談駆け込み寺をやっている。

それが、この病院の幹部たちは気に入らないのだ。気持ちは分からないでもない。誰だって自分の仕事にケチをつけられたら、面白くないはずだ。しかし、患者側の立場に立ってみると、違う景色が見えてくる。

三年前の春、柳司が理事長兼院長に就任した。その数年前から柳司の主導で進められていた病棟の建て替え、医療機器をはじめとする設備の大幅な刷新も完了し、病院は新たなスタートを切った。当初はまだ若い柳司の経営手腕を不安視する声が多かった。柳司の前職は青島病院の呼吸器外科部長である。医師として可もなく不可もない存在だった。

しかしすぐに柳司の評価は一変する。国内の医大を卒業した後、米国のビジネススクールで学んだ経営手法を駆使し、病院を作り変えたのだ。最新鋭の医療機器や動線を計算しつくした快適な病棟は、患者ばかりか優秀な医師を呼び込む起爆剤となった。今や病院と柳司の評価は、うなぎのぼりである。「都内のベストオブ民間病院ランキング」でも、圏外から一気に七位にランクインし、来年度は五位以内に食い込みそうな情勢だ。引退して半年後、脳梗塞で急逝した前理事長も草葉の陰で快哉《かいさい》を叫んでいると病院上層部はほめそやした。

ただ、相子は密《ひそ》かに危惧《きぐ》していた。患者が増えるのに従って現場の余裕はなくなってきている。三分どころか、一分で診察が終わる場合もあり、患者の話を丁寧に聞く余裕がまったくない。

倫太郎は、そんな現状を見越して、医療相談を専門とする独自の総合内科を立ち上げたのではないか。患者たちも、必要があるから総合内科を訪れるのだ。そして、思いがけないほどの効果を上げていると、ミカからも聞いていた。

しかし、この場でそう発言する勇気はなかった。

各人の発言が一段落したところで、勤続四十年を誇る事務長の田畑《たばた》が、議論を引き取るように話し始めた。

「去年までは、当院と無関係な患者が、ポツポツと受診する程度でした。その程度なら、目くじらを立てる必要もないと思っていました。しかし、ここ最近、ネットの影響なのか、総合内科の存在が、広く知られるようになってきたようです。その結果、当院の患者が、総合内科に足を運ぶケースが頻発しています。そうなってくると、話は違ってきます」

同じ敷地内にいる医師が、主治医と別のことを言い始めたら、収拾がつかなくなる。

「現状を放置するわけにはいかないでしょう」

倫太郎は現在、病院の理事、つまり経営方針を立案する理事会のメンバーである。

理事を辞めさせる必要まではないが、総合内科は閉鎖してほしいと田畑は言った。

柳司は目を開けると、濃い眉を寄せた。

「兄には退去してくれと何度も言ってます。暖簾《のれん》に腕押しで、どうにもならないんだ」

田畑は鋭い目で制した。

「もっと強い態度でのぞむべきです」

総合内科の看板を出している建物は病院が所有しており、倫太郎の行為は不法占拠に当たるはずだという。

「顧問弁護士に連絡を取りましょう」

柳司はあからさまに不愉快な顔をした。

「法的手段に訴えろというんですか？　勘弁してください。母がショックを受ける」

「ならば別の方法でも構いませんが、とにかくこの場で総合内科を閉鎖すると約束してください。ここにいる全員が、強くそう望んでいます」

田畑が会場を見回した。出席者が次々とうなずく。田畑は慎重な性質《たち》である。あらかじめ、メンバーの言質を取っておいたのだと察しがついた。

相子はうなずけなかった。しかし、事務長の視線が相子に向けられることはなかった。

柳司は渋い顔をして目をつぶっていたが、さすがにここは分が悪いと判断したのだろう。諦めたようにため息をついた。

「兄と話してみます」

その夜、青島柳司は憂鬱な気分で帰宅した。事務長を始めとする幹部たちに、あのような圧力をかけられたのは初めてだった。やり込められたようで不愉快だ。しかし、彼らの気持ちも理解できないではない。総合内科の存在が、よっぽど腹に据えかねているのだろう。

柳司にも分かっていた。彼らが指摘するように、兄のやり方はおかしい。病院は青島家の持ち物ではなく、医療法人が経営している。創業家の一員であっても法人の所有物件を勝手に使っていいわけがない。しかも兄がやっているのは病院にとって迷惑な駆け込み寺だ。

病院から車で十分ほどの閑静な住宅街の一角にある柳司の自宅は、父の時代に建てた二階建ての大きな日本家屋である。同居している母が生真面目《きまじめ》にメンテナンスをする性質なので、築四十年近くになるが古さを感じさせない。妻の結衣《ゆい》は洋風の家に建て替えたがっているが、柳司としては、少なくとも母が存命の間は、その気はなかった。

玄関の鍵を開けると、広々とした玄関のたたきに白と黒のツートンカラーのサドルシューズがきちんとそろえて置いてあった。倫太郎のものだ。上質な光沢を放っているのは、やはり手入れが行き届いているからだろう。

靴を脱いでいると、結衣がエプロンで手を拭きながら出てきた。疲れきったような表情だ。

「お兄さんが来てるわ。お母さんと一緒にお夕飯を済ませたところ。あなたが呼んだんですってね。事前に連絡をくれればよかったのに」

「話があるから呼んだんだ。でも、来るかどうか返信がなかったから」

結衣は気のない様子でうなずいた。

「お夕飯はすぐ食べる？」

「兄さんと話があるって言っただろ。飯なんか後だ。兄さんに客間に行くように言ってくれ。それと、ビール」

「お兄さん、車だけど」

「俺が飲むんだよ」

手に持っていたビジネスバッグを結衣に押し付けると、柳司はスリッパに足を突っ込んだ。

寝室で着替えてから客間に入ると、倫太郎がのんびりとソファに座っていた。相変わらずハーフパンツを穿《は》いている。

倫太郎は車で通勤している。仕事中は白衣を羽織っているし、患者の前では椅子に座っていることが多いから、脛《すね》をむき出しにしていても、むさくるしさはそれほどではないのかもしれない。それにしても、わざわざハーフパンツで職場に行く理由が分からない。変人扱いをしてくれと言っているようなものだ。

向かい合わせの一人掛けソファに柳司が座ると、倫太郎はニコっと笑った。母によく似た柔らかな笑顔だ。

「結衣さんは料理が上手だな。つい食べすぎてしまった。でも、甘いものは別腹だ。早くデザート、来ないかな」

倫太郎は、瀬戸内海の小さな島にある工房が限定で作っているというレモンケーキを手土産に持ってきたと言った。

「ホールケーキはさすがに持て余す。今日は呼んでくれてよかったよ」

無邪気に喜んでいるのを見て情けなくなった。大の男がケーキごときではしゃいでどうする。父が兄ではなく次男の自分に病院のかじ取りを任せたのは正解だ。

「ケーキを食べながら談笑するために来てもらったわけじゃない。今日、病院で幹部の会議があった」

総合内科を閉鎖するべきだという意見が相次いだと事務的に告げる。

「そろそろ潮時だ。総合内科を閉鎖してほしい。いつまでも身内の勝手を許すわけにはいかないんだ」

倫太郎は、軽く眉を上げた。

「前にも言っただろ。それはできない」

「まあ、聞けよ。兄さんが医療相談をやることには、賛成なんだ。患者が増えているとも聞いている。いっそのこと都心にオフィスを構えろよ。初期費用については、銀行の融資担当者に相談すればなんとかなると思う。僕も口添えをするし、連帯保証人になってもいい」

倫太郎は再び首を横に振った。

「あの場所で続けるよ。ようやく患者に認知されるようになってきたわけだし」

「あの建物は病院のものだ。勝手に使われちゃ困る」

「僕は病院の理事だけど？」

「理事は病院のスタッフじゃないだろ」

倫太郎は肩をすくめた。

「だったらこの際、正式なスタッフにしてくれよ。僕としては僕の総合内科を病院の正式な一部門にしてもらいたいんだ。そして、患者が気軽に出せる費用で医療相談を受けたい。今は患者に高額な費用負担をお願いするか、自分がただ働きをするかのどっちかだからな」

倫太郎は裸の膝を前に乗り出し、続けた。

「父さんが言ってただろ。理事長は、経営センスのあるお前に任せるけど、診療のほうは僕が見てくれって。だから、大学病院を辞めたんだぞ。前途有望な准教授だったのに」

柳司は、冗談っぽく笑う倫太郎から目をそらした。

倫太郎が言うように、亡くなった父は、彼を院長にして柳司を理事長に専念させるという青写真を描いていた。

それが実現しなかった理由は二つある。一つは、倫太郎自身が院長職を固辞したためだ。自分は民間病院に勤務した経験がない。勤務医から始めると言って譲らなかった。二つめは、柳司自身の考えである。柳司は倫太郎を内科の名医としてプロデュースしたかった。

倫太郎は、日米の大学病院で働いた経験がある。アメリカ時代には、診療の傍ら手掛けた臨床研究で国際内科学会の賞を取り、今では学会の理事まで務めている。この規模の民間病院に置いておくにはもったいないほどのエリートである。

「何度も言ってるように、内科全般を担当してくれるなら大歓迎だ。でも、よろず相談は認められない。相談料を高額に設定するなら、考えないでもないけど、患者が気軽に出せる費用でなんて論外だ。採算がとれない」

青島総合病院のセールスポイントは、正確な診断とエビデンスに基づく適切な治療である。そのために、思い切った投資をして優秀なスタッフと最新の医療機器をそろえてきた。今後は、投資を回収していかなければならない。なのに、赤字覚悟で医療相談を手掛けるなんて、もってのほかである。

「でも、患者のニーズはあるぞ」

「そう思うなら、さっき言ったように、別の場所に個人でオフィスを構えてくれ。そのために必要な援助は惜しまないと言ってるんだ」

倫太郎は、理解できないというように両手を広げた。

この様子では、兄の説得は難しそうだ。田畑が言っていたように、弁護士に頼むほかないのだろうか。

そのとき、ノックの音がした。紅茶のカップとケーキの皿、そしてビールとグラスを載せたトレーを持った結衣が入ってくる。相変わらず暗い表情だ。

「円花《まどか》ちゃんを呼んでくれる？　一緒にケーキを食べたいんだ」

倫太郎が言うと、結衣は頭を下げた。

「すみません、今夜はもうベッドに入っているんです」

まだ七時過ぎである。円花は五歳になったばかりだが寝る時間にはやや早い。そういえば、ここ数日、柳司が帰宅すると円花は床に就いている。柳司は朝が早いから、もう何日も娘の顔を見ていない。

倫太郎はひとしきり残念がった後、円花のアトピー性皮膚炎の具合はその後どうかと尋ねた。

「おかげさまで」と言う結衣の顔におびえたような表情が走っている。それを見て、柳司ははっとした。結衣は円花を自分から遠ざけているのではないだろうか。

昨夏に発症した円花のアトピー性皮膚炎は、病院の皮膚科で治療を受けたかいがあり、順調に回復している。ところが一週間ほど前、結衣が突然通院を止《や》めさせると言い出した。ある食事療法団体の講演会に行って感銘し、ステロイド外用薬を使った治療は副作用が怖いと聞いたので、食事療法で治したいというのだ。

青島総合病院の理事長夫人が詐欺まがいの民間療法にかぶれてどうする。そもそも、娘の健康をなんと思っているのか。

きつく説教し、今後治療方針に一切口を出すなと申し付けた。結衣は大人しい女である。逆らうはずはないと思っていたのだが……。

後で強引にでも円花の部屋へ行って肌の状態を確認しよう。そう思いながら、柳司はビールを飲んだ。

2

魚住相子が皮膚科の外来でいつもの業務をこなしていると、ドアを隔てた待合所から、男の怒鳴り声が聞こえてきた。今日の外来を担当する女性医師が患者を診察する手を止め、相子の顔を見た。

「様子を見てきてください。揉《も》めるようなら、相談室に連れて行って田畑さんを呼ぶといいわ」

「分かりました」と言って部屋の外に出ると、初老の男が受付カウンターの女性事務員に嚙《か》みついていた。形の崩れたジャケットを着た巨漢である。しゃべるたびに、喉にたっぷりついた肉が震える。相子は事務員を後ろに下がらせると、カウンター越しに男と向き合った。

「ここは病院です。大きな声を出されては困ります」

男はぎょろりとした目で相子をにらんだ。

「怒らずにいられるか。ここの医者は、五歳の子に母親の許可なしに劇薬を、もっと言えば悪魔の薬を処方したんだぞ」

「失礼ですが、患者さまのご家族の方ですか?」

男は斜めがけにしたビジネスバッグから名刺入れを取り出した。名刺をカウンターに置く。

「患者のお母さんの代理で来た」

——水橋遼介《みずはしりょうすけ》。肩書は、「医食同源生命の会」の代表である。

「患者さまのお名前は？」

水橋は、白目の部分が黄色っぽい目で相子をにらむと、声を潜めて言った。

「青島円花」

絶句するほかなかった。昨年夏からアトピー性皮膚炎の治療に通っている理事長の娘である。信じられなかったが、そういえば数日前に気になったことがあった。いつもは母親に付き添われて受診する円花が、祖母に連れられて来院していたのだ。

水橋が苛々《いらいら》した様子で言った。

「突っ立ってないで、皮膚科の責任者を呼びなさいよ。理事長でも構わないが」

どうやら複雑な事情がありそうだ。皮膚科の担当医には事務長を呼ぶように言われたが、その前に柳司に連絡してみようと決める。

「別室へご案内します。そこでお話を……」

水橋は顎の肉を揺らしながらうなずいた。

相談室に水橋を案内した後、廊下に出て院内PHSで理事長室に連絡を入れたところ、幸運にも柳司が電話に出た。事情を話すと、なるべく早く行くと言ってくれた。相談室に戻ると、水橋がバッグから保温ボトルを出し、蓋を取っていた。薬草を煎じたような強烈な臭いが漂ってくる。相子は、なるべく鼻から息を吸わないようにしながら、柳司が到着するのを待った。

その間に、水橋から大体のところは聞き出した。

医食同源生命の会は、南京香《みなみきょうか》という米国在住の医師がアトピー患者向けに開発した食事療法、「南式メソッド」の普及に取り組む団体である。「悪魔の薬」として悪名高いステロイドを使わず、食事療法による体質改善で全快を目指すという。

具体的には、砂糖を始めとする甘味料は種類を問わず厳禁。肉と魚、卵は週に一度までならOK。原則として野菜や豆、そして玄米のみの食事をすれば、体内の毒が抜けていく。不足しがちな栄養素は、栄養補助タブレットで補うのだそうだ。

青島結衣は会が主催する講演会に参加し、その療法に夢中になった。娘を南式で治したいという彼女の意志は固く、処方されたステロイド外用薬をすべて処分し、南式を始めたのだが、結衣の知らないうちに夫が娘のステロイド治療を再開していたのだという。

水橋の話を聞き流しながら、相子はため息をついた。

食事療法を全否定する気はないが、ごく一般的かつ効果のある薬を「悪魔の薬」と毛嫌いするのはいかがなものか。そもそも、南式メソッドとやらでは、子どもの成長に必要な栄養が不足しそうだ。百害あって一利なしとはこのことである。

とはいえ、水橋と議論する気はなかった。わずかでも異を唱えれば、激しく反論してくる可能性が高い。


柳司はおよそ十分後、額に青筋を立てて部屋に入ってきた。すぐに鼻と口を掌《てのひら》で覆うと、相子に尋ねた。

「なんだ、この匂いは」

相子の前に水橋が口を開く。

「南式メソッドで推奨している南米原産のお茶です」

柳司は舌打ちをすると、大きな音を立ててパイプ椅子を引いた。

「理事長の青島です。妻から依頼を受けて来院したというのは事実ですか？　おたくの会と南式とかいう食事療法については妻から聞きましたが……」

「むろんです。奥さんは、泣きながら電話で私に助けを求めてきた」

柳司が何か言いかけたが、水橋はテーブルを強く叩《たた》いて、彼を遮った。

「奥さんは、南式に取り組む決意をした。それに気づいたあんたは、同居している母親に娘さんを病院に連れて行くように命じた。そして、悪魔の薬の使用を無理やり再開したんだ。私に言わせれば、犯罪だな」

柳司がうんざりしたようにため息をついた。水橋は構わず続ける。

「南式が気に入らないなら、夫婦でとことん話し合えばいい。私だって、息子に南式を受けさせるとき、妻を説得するのに途方もない時間を割いた。いまや、妻は南式の有力なスタッフになっているほどだ。なのに、あんたは奥さんを無知だの非科学的だのと言って罵倒するだけで、まともに相手にしなかったそうじゃないか」

さすがに相子も驚いた。怪しげな民間療法に引っかかる結衣も結衣だが、妻を無知呼ばわりする柳司もあんまりだ。しかし、本人はそうは思っていないようだ。当たり前だという顔つきで言った。

「妻が医療に無知なのは事実でしょう。お嬢さま育ちだから仕方がないんだが。それはともかく、あなたたちのやっていることは詐欺まがいだ。二度と妻に関わらないでもらいたい。そう言いたくて、わざわざ時間を取ったんだ。ステロイドが悪魔の薬だって？　冗談じゃない。あんたらの妄想でしょう」

水橋は怒りに燃えた目で柳司を見た。

「妄想？　それこそ冗談じゃない。現代医学で治せない病気もある。医師もそれを認めるべきだ」

柳司は皮肉っぽく口元を歪めた。

「現代医学が万能ではないのは認めましょう。ステロイドが全ての患者に効くわけではないのも理解している。でも、断言してもいい。現代医学で治らない病を治してみせるという人間と、現代医学を否定して民間療法を売り込む人間は、どちらも詐欺師だ。妻にもはっきりそう言った」

水橋の顔がみるみるうちに紅潮する。

「南先生を詐欺師呼ばわりするのか。南先生ばかりか、国内二百人に上る我が会の会員を侮辱している」

大声でわめいたが、柳司は冷静な顔だった。テーブルに両手をついて立ち上がると相子を見た。

「魚住さん、後はよろしく」

え、ここまで水橋を煽《あお》っておきながら逃げるなんてずるい。柳司を引き留めようとしたが、その前に水橋が立ち上がった。巨体に似合わぬ素早い動きで、テーブル越しに柳司の胸倉をつかむ。

柳司は虚を突かれたように、目を瞬《しばたた》いている。相子の心臓もバクバクしていた。気は焦るのに、言葉が出てこない。

水橋は大きな顔を柳司に近づけると、すごむように言った。

「もう一度言う。発言を撤回しろ」

「水橋さん、落ち着いてください。いったんお座りになって」

なんとか言葉を絞り出し、水橋の背中に手を添えようとしたが、その前に柳司が鋭く身体をひねった。

「いい加減にしてくれ!」

不意を突かれたのか、水橋の巨体がぐらついた。派手な音を立てながらホワイトボードに激突する。水橋は壁に手をつき、巨体を支えながら叫んだ。

「暴力を振るうのか。訴えるぞ!」

柳司は肩で息をしながら、燃えるような目で水橋をにらみつけた。完全に頭に血が上っている。

「それはこっちの台詞《せりふ》だ。詐欺師まがいの食事療法を崇《あが》め奉る暇があるなら、その豚みたいに肥えた身体を絞ったらどうだ」

それは、いくらなんでも言いすぎだ。

「理事長、やめてください!」

大声で制止する。柳司は憤懣《ふんまん》やるかたないといった表情で、ぷいと横を向いた。

3

水橋が来院した日の夜、帰宅した柳司は結衣を怒鳴りつけた。二度と水橋たちと関わるなときつく申し渡し、すでに購入済みだった南式栄養タブレットとやらを生ごみ入れに叩き込んだ。結衣は、蒼白《そうはく》な顔で柳司の言葉を聞いていた。

しかし翌日の夜、SNSに、病院と柳司を中傷する記事が書き込まれた。柳司は、記事を偶然目にした大学時代の友人からの知らせでそれを知った。

最初は「バカバカしい。読む気もない」と答えていたが、「急速に拡散されている」と聞いて不安を覚え、電話を切った後、ネットを検索した。問題の記事はすぐに見つかった。タイトルは、「超人気病院の若きトップの裏の顔」である。

――小児患者の保護者の代理で病院側とアトピー性皮膚炎の治療方針について話し合いの場を持った。応対した青島理事長は、まともに話を聞こうとせず、暴言を吐き、暴力を振るった――。

記事には、音声データが添付されていた。面談の様子を録音した音声データを編集したものだ。巨体がホワイトボードにぶつかる音の後に続いて「暴力を振るうのか」という水橋の声。柳司が水橋の体形を揶揄《やゆ》した部分も、その前段をカットした状態で、収録されている。

ため息をつく。反論したかったが、炎上騒ぎに発展したりしたら嫌だ。さんざん悩んだが、黙殺することにした。

結衣を詰問したところ、記事が出るのは知っていたそうだ。水橋は、記事に結衣の名前を出すつもりで、許可を求めてきたそうだ。結衣は断ったという。水橋から接触があったことをなぜ知らせないのだと叱ったが、内心ほっとしてもいた。結衣の名前が記事に出ていたら、赤っ恥どころではない。

翌日、翌々日と動きはなかった。ところが、新たな事件はその次の日に起きた。理事長室で書類仕事をしていると、ノックの音とともに事務長の田畑が顔を出した。困惑しきった顔つきである。

「エントランスホールに、患者団体を名乗る人たちが十人ほど集まっています。なんだかよく分からないのですが、理事長に謝罪を求めています。代表は……」

田畑が差し出す名刺を受け取らなくても水橋だと分かった。

「追い返してください」

米国在住の胡散臭《うさんくさ》い女医が提唱するアトピー患者向けの極端な食事療法の普及を目指している団体だと説明する。

「ステロイドを悪魔の薬だなんて言うから、異を唱えたら、逆恨みをされてしまったようで」

　田畑は合点したようにうなずいた。

「災難でしたね。では、私が代わりに話だけ聞いておきます。こういう場合丁寧に話を聞くことが大事ですからね」

　柳司は首を横に振った。

「いや、不当な要求は、毅然《きぜん》とした態度で突っぱねるべきです」

　というのは建前で、事の発端は妻なのだと田畑に知られたくなかった。みっともなさすぎる。柳司は受話器を手に取った。守衛室に電話をかけて指示を出す。

「おかしな連中がエントランスに押し掛けてるそうです。排除してください」

　田畑が、非難がましい目で柳司を見ていた。柳司はそれを受け流し、書類に目を落とした。


　水橋たちが抗議に押し掛けてきた翌日、魚住相子が担当している皮膚科の外来は、久しぶりに定時で終わった。患者がいつもより少なかったのだ。若手看護師に片づけを任せて理事長室に向かっていると、病棟勤務のベテランに呼び止められた。

「魚住さん、ネットの記事、見た？」

　相子は暗い気分でうなずいた。

昨夜、水橋たちが守衛に追い立てられている映像が、ＳＮＳで拡散されたのだ。相子は今朝、控室で同僚から聞き、その存在を知った。

映像とともに投稿された記事のタイトルは、「超人気病院の暴力体質」である。「超人気病院の若きトップの裏の顔」という別の記事へのリンクも貼ってあった。投稿者のハンドルネームはwaterbridge。水橋だ。

「皮膚科の患者の減少は、あの記事の影響だと思う」

「困ったわね。それにしても、理事長にはちょっとがっかりだわ。何があったか知らないけど、暴力を振るうなんて」

あの記事は事実と異なる。そう説明したかったが、時間がなかった。適当に相槌《あいづち》を打って話を切り上げると、相子は早足で歩き始めた。

理事長室のドアをノックすると、田畑が中から顔を出した。驚いたように相子を見る。

一介のナースが理事長に直談判《じかだんぱん》なんて、出すぎた真似《まね》だろうか。

「ちょっといいですか？　理事長にお話があって……」

おずおずと切り出すと、田畑はドアを大きく開いた。

「中へどうぞ。ちょうど魚住さんを呼ぼうと話していたところなんです」

理事長室のソファは妙に硬かった。高級なベッドマットレスは硬いと聞いたことがある。このソファもそうなのだろう。

正面に座っている柳司は、明らかに苛立っていた。目の下にくっきりとした隈《くま》がある。ろくに寝ていないのかもしれない。

田畑が相子に確認した。

「ネットに流れている記事や映像を見ましたか？」

「はい。ナースの控室で話題になっていました」

「それなら、話は早い。実はあの記事を目にした週刊誌の記者から、取材依頼が来たんです」

田畑はある雑誌の名を口にした。スクープ力に定評がある有名誌である。発行部数は公称三十万。電車の中吊《なかづ》りや新聞に広告を出しており、影響力は絶大だ。

「うかがったところ、あの記事は捏造《ねつぞう》に近い内容だとか」

「ええ」

「記者は、水橋の取材を終えているそうです。彼の話を鵜呑《うの》みにしてはいないでしょうが、こちらに取材を申し込んできたのは、記事になると判断しているからでしょう。対応策を練りたいので、水橋とのやり取りをできるだけ正確に思い出してください」

相子は慎重に記憶を手繰り、主観を交えないように注意しながら当日の様子を伝えた。メモを取りながら聞いていた田畑が尋ねた。

「ちなみに、魚住さんは、どんな印象を受けましたか？　相手にも非があると」

「もちろんです」

水橋は喧嘩《けんか》を売りに来たようだった。彼が問題視している暴力も、完全に言いがかりである。

「ただ、理事長のお言葉も、正直なところやや強すぎだと思いました」

田畑は「なるほど」とうなずき、柳司に向き直った。

「水橋の主張がおかしいのは、記者も理解していると思います。ただ、どんな相手にも暴言と暴力で応じるのは、許されません。記者はそのあたりを指摘して、医療機関のトップとしての資質を問うつもりなのでしょう」

「……そんな記事を掲載する意味ってあるんでしょうか」

褒められたことではないが、パワハラ気味の病院トップは珍しくない。相子がそう指摘すると、「これは自分の想像だが」と前置きして田畑は言った。

「ウチはランキングの上位に急浮上した注目度の高い病院です。面白く思っていない業界関係者は多いでしょう。そのうちの一人が、あのネット記事を見かけて、知り合いの記者に記事を書くように働きかけたのではないかと」

取材で世話になった相手の頼みだったら、記者は断らないだろうと言われ、相子は憤慨した。大人の事情とはそんなものかもしれないが、あまりにもくだらない。

「それはそれとして、魚住さん、取材に同席してください。先に手を出したのは水橋のほうだと証言してもらいたいんです」

「名前と顔を出さない条件なら、いいですよ」

「よかった」と言うと、田畑は柳司に向き直った。

「さっきも言いましたが、記者には水橋の主張が誤りだと念のために説明した上で、暴言は謝罪、暴力は否定。この方針で対応しましょう」

田畑の胸元で電子音が鳴り始めた。首から紐《ひも》で下げている院内用のＰＨＳに着信があったのだ。液晶画面を確認すると田畑は言った。

「広報担当のスタッフです。取材日時が決まったのかもしれません」

ＰＨＳを耳に押し当てた田畑の表情が、みるみるうちに険しくなった。短い返事を二、三度繰り返すと、気落ちした様子で電話を切った。

「取材は明日の夜か、明後日《あさって》のいずれかでお願いしたいそうです。それはいいんですが……」

田畑はそこで視線を床に落とした。

「奥様が明日の午後、同じ記者の取材を受けるそうです。理事長のモラハラを告発するとか……」

「まさか」

柳司は、信じられない様子だったが、相子からすればあり得ない話ではないと思った。結衣が水橋に泣きついたのは、柳司が彼女に南式メソッドの問題点につき、十分な説明をしなかったからだろう。しかも、柳司は妻を無知だと責めたと言っていた。モラルハラスメントと言われても仕方がない。

慌てて柳司が上着のポケットからスマートフォンを取り出し指で操作を始める。妻に電話をかけているのだろう。

「着信拒否になってる」

舌打ちをしながら電話を切ったところで、着信があった。飛び上がるようにして電話に出た柳司の顔から、みるみるうちに血の気が失《う》せていく。相子は固唾《かたず》をのんで通話が終わるのを待った。

電話を切ると、柳司はうなだれた。両足の間にだらりと両腕を垂らし、微動だにしない。

「どうしました?」

田畑が声をかける。さらに長い沈黙の後、柳司は電話は母からだったと言った。

「妻が、娘を連れて横浜の実家に帰ったそうです」

結衣は柳司と全面対決をする構えのようだ。

「すぐに追いかけたほうがいいです。奥様が記者に下手なことを言ったら、取り返しがつかなくなります」

「そうだな。でも、会ってくれるだろうか」

もしそれが叶《かな》えられたとしても、柳司が結衣を翻意させられるとは思えなかった。

適任者が他にいる。相子はおずおずと口を開いた。

「倫太郎先生に行っていただいたらどうでしょう。私、倫太郎先生に相談したらどうかと思ってここに来たんです」

以前、小泉ミカと帰り道で一緒になったとき、彼女は倫太郎を絶賛していた。

──総合内科には、思い込みが強い患者さんがよく来るんです。そういう人たちが、倫太郎先生と話しているうちに、ある瞬間、我に返るんですよ。説得されるんじゃなくて、自分で気づくってかんじ。倫太郎先生には、人の心の動きが透けて見えるのかもですね。

今の結衣は、総合内科を訪れる患者たちと同じ状態ではないか。水橋もたぶんそうだ。彼らの気持ちを変えられるとしたら、倫太郎ではないか。

田畑が露骨に嫌な顔をしたが、柳司はどこか救われたような表情を浮かべた。

「分かった。兄に横浜に行ってもらおう。車で行くように言うから、魚住さんも同行してもらえないだろうか」

そして横浜までの車中で、経緯を説明してやってほしいと柳司は言った。少し考えた後、相子はうなずいた。

「ただし、運転は小泉さんに頼みたいと思います。運転しながらでは、話が頭に入りにくいでしょうから」

それで構わない、と言うように柳司はうなずいた。

4

結衣の実家は、横浜市郊外の高台にある高級マンションだった。高名なフランス文学者だった結衣の父親はすでに亡く、母親が一人暮らしをしているそうだ。

玄関に出てきた結衣は、ジーンズにセーターという軽装だった。円花の付き添いで来院するときは、いつもフェミニンな格好をしていたから、まるで別人のようである。

倫太郎と相子の突然の訪問に迷惑そうな様子を隠さなかったが、結衣の母親が二人を家に招き入れてくれた。ダイニングテーブルでお茶を出し終えると、彼女は結衣に言った。

「円花とファミレスでケーキでも食べてくるわ」

結衣が鋭い声で「甘いものはダメ！　サラダにして」と言ったが、母親は笑顔を返したただけで、奥の部屋に円花を迎えに行った。

倫太郎はその場で車で待っているミカに電話をかけ、二人をファミレスまで送ってほしいと伝えた。母親は「ドライブなんて久しぶりだわ」と言いながら、円花と手をつないで部屋を出ていった。

通りすがりにちらっと見えた円花は、沈んだ様子だった。首元から耳にかけて、かきむしったような痕があるのが痛々しかった。

二人を送り出すと結衣は唇をぎゅっと結んで相子たちの前に座った。ほっそりとした上品な身体が今にも震え出しそうだ。

倫太郎が緊張をほぐすように結衣に笑いかけた。

「先日は、ごちそうさま。水餃子《スイギョーザ》が美味《おい》しかったな。ちなみに、あの餡《あん》は野菜だけ？」

結衣は拍子抜けしたように頬を緩め、小さくうなずいた。倫太郎が「ほう」と感心したような声を出す。

「おかげさまで、次の日身体が軽かった。もしかして、あれが南式メソッド？」

相子は驚いた。すでに本題に入っているとは思っていなかったのだ。結衣も警戒するような表情を浮かべていたが、倫太郎がニコニコしているのに安心したのだろう。

テーブルに身を乗り出すと、食い入るような目で倫太郎を見た。

「お義兄《にい》さんは、南式に反対ではないんですね？」

倫太郎は質問には答えず、姿勢を正した。

「先日、柳司がひどい仕打ちをあなたにしたようで申し訳なかった。母も加担していたとか。柳司と母には、謝罪するよう僕から言っておくよ。典型的なモラハラだものね」

結衣は信じられないと言うような表情をした。

「そう思うなら……。柳司さんを説得してもらえないでしょうか」

そう言うと結衣は、堰《せき》を切ったように話し始めた。

「円花に悪魔の薬を使うのは、どうしても止めさせたいんです。でも、柳司さんは聞く耳を持ってくれなくて」

円花を悪魔の薬から守るには、離婚して円花の親権を取るしかないのだと結衣は訴えた。親権を取るには、柳司のほうに非があると示す必要がある。

「だから、週刊誌でモラハラを告発することにしたんです」

倫太郎は右手を軽くあげて結衣を制した。

「悪魔の薬ってステロイドのこと?」

結衣がアーモンド形の目を大きく見開く。

「決まっているじゃありませんか。さっき、お義兄さんもステロイド治療を再開させたのは間違っているって!」

「柳司と母が結衣さんに黙って治療を再開したのは間違っている。騙《だま》し討ちのような真似をするなんて論外だ。でも、ステロイド外用薬を使った治療自体については賛成だな。魚住さんに確認したところ、経過も順調だそうだし」

倫太郎の言葉に相子はうなずいた。

「さっき円花ちゃんの首元がちらっと見えました。症状がぶり返しているようですね。お薬をきちんと使っていただくのが、円花ちゃんのためにも」

結衣の目に怒りが走った。

「一時的に症状が悪化するのは、よくなっている証拠なんです。南先生がそうおっしゃってました。それに、ステロイドは間違いなく危険な薬なんです。新聞にもそう書いてありました」

倫太郎はスマホを取り出し、画像を結衣に見せた。

「もしかして、この記事？」

結衣が大きくうなずく。

「まさにこれです。ほら、ここに書いてあるじゃないですか。最後の最後まで使ってはいけない、毒薬同然だって……」

興奮した口調で言うのを倫太郎は遮った。

「南さんのホームページに載っているものと同じ記事だけど、こっちは日付が入ってる。確認してみて」

画面に再び視線を落とした結衣の顔に、困惑したような表情が浮かぶ。倫太郎は、結衣の目をまっすぐに見て説明を始めた。

今から三十年ほど前、ステロイドは実際以上に危険視されていた。最大の原因は、マスコミによる不当なバッシングだ。

「医学界も対応を誤ったんだと僕は思う。マスコミに十分に反論しなかったんだ。それで誤解や不信感が広まってしまった。患者さんにも、医師にも、不幸な時代だったんじゃないかな」

その後、徐々に誤解は解けていった。今ではステロイド外用薬は、アトピーの治療に広く使われている。副作用がゼロではないが、それはどんな薬にも言えることであり、医師の指示に従って注意深く経過を見ながら使えば、決して怖い薬ではない。

南は三十年も前の記事をそれと分からぬようにホームページに転載していたのだ。

「結衣さんが、ステロイドに不信感を抱いてしまったのは仕方がないと思う。不安を煽られて平静でいられる人はいない。特に我が子のこととなるとね。でも、事実関係は今言った通りなんだ。医師として、伯父として、僕は円花ちゃんにこれまで通りの治療をしてもらいたいと思っている」

結衣は前髪を指で強く払った。

「でも、副作用がゼロではないんですよね？」

「それは、南式メソッドも同じだよ」

健康的な食事と極端な食事療法は、完全に別物である。後者は、生半可な知識、安易な気持ちで取り組むと、子どもの成長を阻害する危険がある。南式では、とりわけたんぱく質の不足が心配だ。各家庭の方針は自由とはいえ、健康上明白なデメリットがないのに、甘いものを口にする喜びを子どもから奪うのもかわいそうな気がする。

倫太郎は、結衣を責める言葉を一切口にせず、微笑《ほほえ》みを絶やさず説明を続けた。しかし、結衣の表情が緩むことはなかった。騙されるまいと思い詰めているのだろう。身体を丸め、針を敵に向けているハリネズミのようだ。

「南さんが主張するように、薬を使わずに治った人が多いのなら、きちんとデータを取って論文を書くべきじゃないかな。そうしたら、これまで懐疑的だった医療関係者も療法を試してみようと考えるし、同じように効果が認められたら、南式は広く普及する。なのに南さんは、論文を一切書いていないんだ。ホームページや著書の中身は、患者の体験談ばかりでしょう」

結衣は頑《かたく》なに首を横に振った。

「南式の効果が世の中に広く知られたら、薬が売れなくなります。だから、論文をいくら書いても、製薬会社が握りつぶすんだって聞きました」

倫太郎は辛抱強く説明を続けたが、相子はじれったくてしようがなかった。結衣が口にしたのは典型的な陰謀論である。洗脳されているも同然ではないか。

柳司に対する失望や不信感が、結衣から冷静さや判断能力を奪っているのだろう。彼女の気持ちに寄り添い、時間をかけて説明すれば、気持ちを変えてくれる余地はあると思うのだが、いかんせん時間がない。

玄関の鍵が開く音がした。円花の明るい笑い声が聞こえてくる。さっきとは別人のようだ。祖母とミカと三人で、楽しい時間を過ごしてきたのだろう。

「もう遅いですから、そろそろお引き取りください」

結衣が押し殺したような声で言う。唇がワナワナと震えており、今にも爆発しそうだ。

倫太郎は素直にうなずいた。

「分かった」

微笑みを浮かべながらテーブルに手をつく。そして、「あっ」と小さく声を上げた。

「言い忘れてた。アトピーの発症には、ストレスが関係するって説もあるんだ。たまには美味しいスイーツを食べさせてあげたほうがいいと思うな。なんなら、僕が送ろうか」

結衣の顔が怒りで歪む。怒鳴られるかと思ったが、ちょうどそのとき、母親と円花が部屋に入ってきた。

「やめてください。送っていただいても、無駄になるだけですから」

低い声で言うと、結衣は横を向いた。

「それなら、お母さんに頼もう。お母さん、ちょっとお願いがあるんですが」

倫太郎は結衣の母親に声をかけ、廊下に連れ出した。母親宛てにスイーツを送るつもりなのだろう。

しつこくしたら、結衣が頑なになるだけではないだろうか。ハラハラしながら、相子は席を立った。

5

次の日の正午、柳司は大会議室に向かった。昨夜遅くに倫太郎から「打ち合わせをしたい」と連絡があったのだ。

昨夜、結衣の説得は不首尾に終わったそうだ。善後策を検討する必要があるのは分かるが、他に打つ手があるとは思えない。

倫太郎は、すでに来ていた。今日もハーフパンツを穿いている。看護師の小泉ミカも一緒である。彼女のほうは、派手な黄緑色のカーディガンを着ていた。二人はホワイトボードの前の席に並んで座っていた。そして、なぜかドーナツを食べている。朝食代わりなのかもしれないが、非常識に思えてならない。窓際の席では、田畑が憮然《ぶぜん》とした表情で座っている。資料映像でも使うのか、プロジェクターを載せた小机がロの字形に並べられたテーブルの中央に出してある。

柳司が田畑の隣に座ると同時に、ドアがノックされた。倫太郎とミカはそろってドーナツを口に押し込んだ。倫太郎がくぐもった声で言う。

「お入りください」

入ってきた男を見て、柳司は椅子から飛び上がりそうになった。あの体格とギョロリとした目。水橋だ。ヨレヨレのジャケットを羽織り、同年輩の女性を二人引き連れている。女性たちのほうは、こざっぱりした格好だ。

倫太郎が立ち上がった。入り口まで行き、水橋を丁寧に迎えた。

「水橋さん、お呼び立てして申し訳ありません。この病院の理事を務めている青島倫太郎です」

田畑が目を見開き、身体をひねって柳司を見た。目の前にいるのが水橋だとようやく気付いたのだろう。いったいどういうことなのかと顔に書いてある。

柳司は軽く首を横に振った。倫太郎から、何も聞かされていない。

倫太郎は二人の気も知らず、女性たちに、爽やかに笑いかけた。

「お連れの方々も、ご苦労様です。奥の席へどうぞ」

水橋は顎を振り上げると、汚いものを見るような視線を倫太郎に向けた。

「なんだその短パンは。この病院にまともな医者はいないのか」

倫太郎はハーフパンツの腰のあたりを両手で軽く叩くと、「さあ、早く」と言うように、奥の席を手で指した。

一行が上着を脱ぎ、ミカがペットボトルのお茶を配り終えると、倫太郎は気軽な調子で切り出した。

「週刊誌が騒ぎ始めましたね。水橋さんがネットに投稿した記事がきっかけだそうで。今日来ていただいたのは、これ以上騒ぎが大きくなったら、お互いのためによくないと思ったからです」

水橋が白けた表情で首を横に振る。

「あんたらにとってはよくないだろう。でも、こっちは構わない。そして私の要求も変わらない。暴言を吐き、暴力を振るった理事長に謝罪を求める。病院には、円花ちゃんの治療中止を求める」

そう言うと巨体を背もたれに預けてふんぞり返った。あざけるような視線を柳司に向けるとニヤッと笑って続けた。

「要求に応じてもらっても、週刊誌の記事を止める権限は私にはありませんがね」

柳司はテーブルの下で拳を握りしめた。こんな下衆《げす》と話し合いなど成立しない。相手の神経を逆撫でして、揚げ足を取ろうと待ち構えているだけなのだ。席を立とうとしたが、その前に倫太郎が口を開いた。

「暴言については、申し訳なく思っています。ステロイド治療に関する見解の相違があったにせよ許されるものではありません。今日来ていただいたのは、その罪滅ぼしの意味で、情報提供をしようと考えたからです」

田畑が柳司を見た。柳司は小さく首を横に振った。兄が何を言い出すつもりなのか、さっぱり分からない。水橋も同じようだ。仲間たちの目があるせいか、不遜な態度を崩してはいないが、よく見ると視線が揺れている。

この捉えどころのなさが、兄の強みなのかもしれないと思いながら、柳司は倫太郎の言葉を待った。倫太郎は前髪をさっとかきあげると、涼やかな視線を水橋に向けた。

「水橋さんは、理事長のあなたに対する暴言、暴力を糾弾する記事が掲載されると思っているようですね」

「もちろんだ。職場でも家庭でも、ハラスメントを繰り返す人間が医療機関のトップに君臨しているなんて、もってのほかだ。社会的制裁を受けて当然だろう」

「溜飲《りゅういん》を下げるつもりですか？　でも、そういう記事にはなりません」

断言すると、倫太郎は続けた。

「糾弾されるのは、南さんのほうです」

水橋の顔に朱が走る。

「あんたも南先生を侮辱するのか！」

テーブルを叩き、激昂《げきこう》する。隣にいる年配の女性が、水橋の背中を撫でながら「まあ、まあ」と言った。彼女に動揺した様子はなかった。

「水橋さんは、気が短すぎるわね。仮にこの人の言葉が事実だったとしても、週刊誌ごときに、目くじらを立てる必要はないでしょ」

もう一人の女性が同意する。

「南先生は、これまでにもさんざん叩かれてきたわ。でも、それは当然なのよ。製薬会社や医者は、本物の民間療法を怖がってるんだから。真実を知ってる私たち支持者の気持ちは一ミリだって変わらない。現に、私たちは症状が改善しているんだしね」

水橋はペットボトルを鷲《わし》づかみにすると、グビグビとお茶を飲んだ。色の悪い唇を指で拭うと、気を取り直したようにうなずいた。倫太郎が突然ミカの名を呼んだ。

「そろそろ例のビデオレターを頼む」

「はーい。スタンバってました」

ミカはいつの間にかノートPCを広げていた。立ち上がって照明を消すと、手元のリモコンでプロジェクターのスイッチを入れる。五秒ほど後、ホワイトボードに映像性が流れ始めた。画面に映っているのは、タートルネックセーターを着た赤毛の中年男性だ。

　男性は人懐っこい笑みを浮かべていた。

「日本の皆さん、こんにちは。僕の名前はマーク・コリンズです。ウィスコンシン州に住んでいます」

　コリンズは英語をしゃべっているが、字幕が出ている。

「ドクター・リンタロー・アオシマから突然の連絡をもらって驚いた。キョウカ・ミナミという名前の女性が、ホームページに掲載している医師免許の画像は偽物だ。画像加工ソフトか何かを使って名前の部分を差し替えたんじゃないかな」

　コリンズは両手を広げ、「困ったものだ」という表情を浮かべた。

「まさかそんな……。だいたいこの人は何者なの？」

　女性が叫んだが、倫太郎が人差し指を唇の前に立てた。コリンズが続ける。

「なぜ僕が確信を持っているか、その理由を教えよう。記載されているライセンス番号の医師免許を持っているドクターが他にいるんだ。ほかならぬ僕さ！　さっき、州警察の担当部署に連絡を入れて事情を説明した。キョウカ・ミナミは調べを受けたらえで、しかるべき処分を受けるだろう。とんでもない話だよ。彼女、医師を騙《かた》って、栄養補助タブレットを販売していたんだろ？　それって、立派な詐欺だよね。犯罪に僕の医師免許が利用されたなんて、本当に腹が立つ。ドクター・アオシマ、サンキュー。知らせてくれて助かった」

映像はそこで途切れた。水橋がうなり声を上げた。

「何かの間違いだ。南先生を嵌《は》めようとしているのかもしれない」

倫太郎は肩をすくめた。

「それは記者が確かめてくれるでしょう」

このビデオレターは週刊誌の記者にも送付してあると倫太郎は言った。

「そちらの会員は約二百人でしたよね。それがそのまま被害者の数になる。記者にそう言ったら、コリンズに確認の連絡を取ったうえで取材をすると言っていました」

「被害者？　私たちが？　まさか。私たち、納得して栄養補助タブレットを買ってるんだから。飲み続けているうちに、症状がよくなってきた人だっているし」

女性の一人が言うのを無視して、倫太郎はミカに次のビデオレターを再生するよう命じた。登場するのは、かつて南式を実践していた患者だという。

「顔見知りじゃないかな。昔、会に参加していたそうです。彼は南式に疑問を持ち、その後、標準治療に切り替えた。現在はすこぶる調子がよいそうですよ」

ミカがＰＣを操作し始めると、水橋が怒鳴った。

「どうせヤラセだ。見る必要はない」

ミカが唇を尖《とが》らせ、ふくれっ面をつくる。

「そんなぁ。徹夜して片っ端からアトピー関連の患者の会にメールを出して、やっと見つけ出した貴重な証人なのに」

倫太郎は苦笑したが、すぐに真顔に戻った。水橋たちに向き直り、続けた。

「それともう一つ。今朝、南式栄養補助タブレットを入手しました。分析機関で調べてもらえば、それが高価な値段に見合う内容のものかどうか分かるでしょう。こちらの結果も判明次第、記者に送ります。民間療法すべてが悪いわけじゃない。状況やその人の体質によっては、役に立つこともあるかもしれない。でも、不安を煽《あお》って効果が定かではない高額の商品を売りつけている輩《やから》は、許せません。記者には、そう伝え、僕が理事を務める国際内科学会としても協力は惜しまないと伝えました。記者として、これ以上にやり甲斐《がい》がある仕事はない。つまらないスキャンダルなんて脇に置いておけと焚《た》きつけたところ、記者は大いに乗り気のようでしたよ」

水橋たちは、今や蒼白だった。ここまで徹底的に抗戦されたのは初めてなのかもしれない。しかも、医師免許のことがあり、南への信頼は揺らいでいる。

水橋が巨体を揺らしながら突然立ち上がった。

「でたらめばかり言って……。不愉快だ。帰る！」

女性たちもそそくさと腰を上げる。倫太郎は彼らに向かって静かに言った。

「すぐには納得できないと思います。でも、僕が伝えたことをよく考えてみてくださ
い。僕はこの建物の裏にある雑木林の奥に建っている古い建物で、医療相談を受けて
います。聞きたいことがあったら、いつでも僕のところに来てください。僕も、みな
さんともっと話をしたい」
倫太郎は真剣な目をしていた。柳司の胸に複雑な気持ちが広がる。
兄は、南という偽医者はともかく、水橋たちを糾弾するつもりも、切り捨てるつも
りもないのだ。むしろ、彼らこそ自分を必要としていると確信している。兄の気持ち
は、分からないでもなかった。しかし、兄の思いが果たして彼らに届いているかどう
か……。
三人は、無言のまま部屋を出て行った。「玄関まで送ります」と言って、ミカが彼
らの後を追う。
ドアが閉まると、田畑が待ちかねたように口を開いた。
「あの、記者の矛先を変えていただいたという理解でよろしいですか？」
倫太郎が笑みを見せた。
「そうですね。柳司の暴言はともかく、暴力のほうは誤解です。水橋が話を盛ってる
こともよく説明しておきました。勘のいい記者で助かりました」
田畑はハンカチを取り出すと、額の汗を何度も拭った。

「よくまあ、昨日から今日にかけての短時間で……。いや、もうほっとしました。ありがとうございます」

倫太郎に向かって何度も頭を下げたが、柳司は苛立ちを抑えられなかった。

「南や水橋を糾弾するのは結構だけど、問題が解決したわけじゃないだろ。記者は、インチキ民間療法のカモの一人が、有名病院の理事長夫人だと書き立てるんじゃないか？　週刊誌がいかにも好きそうなネタだ」

倫太郎は呆《あき》れたように笑った。

「安心していいよ。取材に協力する代わりに、結衣さんの件は伏せてくれと頼んでおいたから。青島病院が記事に登場することは一切ない。今日の午後の取材も中止だ」

柳司はまじまじと倫太郎を見た。そこまでしてくれていたとは思わなかった。

倫太郎は淡々と続けた。

「ただし、結衣さんはまだ納得していない。この先は、柳司に任せる。さっきのビデオレターをメールで送るから見せてあげるといい。結衣さんのお母さんにも、協力をあおぐんだ。お母さんはきっと協力してくれるよ。南式には反対のようで、栄養補助タブレットを結衣さんの部屋からこっそり持ち出してくれたぐらいだからね」

「……そうだったのか」

「うん。ただ、頭ごなしに結衣さんを否定するなよ。彼女も被害者なんだ。不安を煽られたら、誰だって冷静ではいられないよ。それに、夫婦がギスギスしていたら、円花ちゃんの病気にもよくない」

兄の助言が心に染みた。こんなことは生まれて初めてではないだろうか。自分よりはるかに優秀なのに野心らしきものがなさそうな兄が嫌いだった。偽善者だとも思っていた。でも今はそんな自分が小さく思えてならない。とりあえず、ここは素直に感謝するところだ。

「ありがとう。正直、兄さんがここまで手を貸してくれるとは思わなかった」

倫太郎は頭の後ろで両手を組むと、大きく伸びをした。

「そりゃあ頑張るさ。僕の総合内科や医療相談が病院にとって役に立つと証明するチャンスだもの。この際、田畑さんも聞いてください」

そう言うと倫太郎は姿勢をただし、これを機に自分の総合内科を正式に病院の一部門にしたいのだと言った。

「相談に特化し、料金は低く抑えます。多少赤字が出たって、他の部門で採算をとっていれば、問題ないでしょう」

田畑が渋い顔をする。柳司も首を横に振った。それはそれ、これはこれである。

青島総合病院のセールスポイントは、正確な診断とエビデンスに基づく適切な治療である。そのために、思い切った投資をして優秀なスタッフと最新の医療機器をそろえてきた。今後は、投資を回収していかなければならない。しかも、医療費抑制の流れを受けて医療機関の経営環境はどこも悪化している。赤字覚悟で低料金の医療相談を手掛けるなんて、もってのほかである。

「こんなご時世に、兄さんの道楽には付き合えないよ。それに、兄さんほどの人に、青島総合病院の看板はいらないだろ」

倫太郎は明るく笑った。

「分かってないな。誰もが不安になっているこんなご時世だからこそ、よろず相談所が必要なんだよ。ウチの病院が僕を必要としているっていうこと」

そこまで自信満々に言われると、ひょっとすると、という気にもなってくる。しかし、実際のところ、病院に余裕はないのだ。今後も兄と理事たちの間で板挟みだなと思いながら、柳司はため息をついた。

解説

患者さんの「安心できる場所」であり続けるために

幸村百理男

六つの章で構成される本作品は、よく議題に上る医療問題がテーマとなっています。各章は物語として面白いだけでなく、医療問題の本質を理解できるように構成されており、医療に対する筆者の深い造詣を感じる内容です。

一人一人の患者さんと真摯に向き合いたいという倫太郎《りんたろう》の切実な思いには深く共感します。倫太郎と私が異なるのは、彼はその理念を実現するために病院敷地内にクリニックを開設しましたが、私は沖縄の離島である宮古島に渡ったということでしょうか。

以下、私のことを簡単に紹介させてください。

私は二〇〇四年に東京大学医学部を卒業したあと、静岡県の民間病院で研修を終えました。その後は都内の眼科病院で眼科医として三年間、白内障手術などの研鑽《けんさん》を積んだのですが、これは当時も今も珍しいことで、多くの眼科医は大学の医局に所属し、その中で教育を受けます。

私が在籍した病院には多くの先輩がいましたが、彼らは、やはり過去に地方大学の医局に所属し、その中で下積みと恩返しを経験してから上京しています。そのため「医局に入らず、いきなり東京で手術を教えてもらうのは虫が良くないか？」とたびたび詰められ、当時は相当落ち込みました。しかし、この時の経験が私を離島医療に導くきっかけだったとも言えます。

その頃、東京では専門の細分化が進んでおり、眼科でも眼瞼《がんけん》疾患、角膜疾患、白内障、緑内障、網膜疾患など、細かく専門が分かれていました。このため、医師として一人の患者さんと治療の最後まで向き合うことが難しい現実に直面しました。それならば医師が不足している地域で働き、広い範囲の治療をカバーできる医師を目指そうと考えるようになりました。

かくして私は眼科専門医の資格を取得した後、基幹病院で眼科医不在が問題となっていた宮古島に移り、その病院で一人医長として働き始めました。ここで私は多くの症例の治療にあたることになります。患者さんと真摯に向き合うのはもちろん、勤務を終えてから手術書を熟読し、専門サイトで世界中の眼科医の見識を研究しました。その結果、幸いにも広い範囲の治療ができる眼科医として成長し、多くの眼《め》を失明から救うことができました。
二〇一五年にはここ宮古島で開業し、現在に至ります。また二〇二〇年からは、YouTubeで「ぴーす」というチャンネルを開設し、自分の考えを発信しています。このたび解説の依頼を賜ったのもこのチャンネルがきっかけとなりました。

本書の内容に戻りましょう。眼科医である自分との関わりがもっとも深いと思った物語が、奇《く》しくも序章となる「もみじドライバー」です。実は眼科医と運転免許は関わりが深いのです。というのも免許更新で視力検査をクリアできなかった多くの高齢者の方が、眼科のお世話になるからです。

私のクリニックにも免許更新時に視力不良を指摘された多くの方が訪れます。視力不良の理由の多くは、白内障による視力障害によるもの。幸い白内障は手術すれば治る病気で、ほとんどの方は日帰り手術によって視力を回復します。再検査で合格し「おかげさまで受かったよ、先生」と報告を受けることは、眼科医冥利《みょうり》に尽きます。一方で、高齢者の方々が今後も運転を続けることに一抹の不安を覚えることは否定できません。

ところで、本書の平蔵《へいぞう》が患っていた緑内障の場合については、免許更新時に発見されるケースは珍しいといえます。

「両方とも一・二だね。運転に必要な視力は、両目で〇・七だっけ。おじいちゃん、余裕じゃん」

このように初期の緑内障は視力そのものは良いことが多く、かなり病状が進行するまで視力低下は起きません。しかし厄介なことに、本人も気づかぬ内に視野が狭くなっています。緑内障は六十歳以上の一割が罹患《りかん》し、決して珍しい病気ではありません。高齢者のドライバーが珍しくない現在、本書のようなことが起きないよう、簡易的な視野検査を免許更新の必須要件に加えた方が良いかもしれません。

「総合内科　本日開院」の章では、初めて倫太郎の医師像が明らかになります。冒頭でも述べたように、彼が描く理想の医師像には共感する点が多くあります。たとえばこの部分。

「検査をして、病名をつけ、薬を処方したり手術を勧める。それはそれで必要なことだけど、それだけでは足りない」

実際に多くの医者が直面しているのは、休む間もなく次から次へと患者さんが訪れる現実です。このため「適切な治療」を「限られた時間内で施す」ことが、患者さんからも周囲のスタッフからも求められます。もちろん一人一人の診療に時間をかける医師もいますが、その分ほかの患者さんは二時間も三時間も待つことになります。あまりにも待ち時間が長いと、スタッフが気を利かせて他の医師に患者さんを回してしまうこともあります。そうなると診療に時間をかけるのが必ずしも正しいことなのかどうか。

そのような厳しい現実の中で私が自分に課している最低限の診療基準は、どんなに患者さんが多くても「治療が必要な病気を見逃さない」「適切な治療でその病気を治す」ということです。そしてさらにもう一つ大切なことがあります。それは「意を決して訪れた患者さんが、私の診療を受けて安心できたかどうか」ということです。

明らかに軽症と思われる患者さんでも、それに関係する悩みが深いと判断した時は、身を乗り出すようにして話を聞くように心がけています。外来があまりにも混み合っている場合には「診療時間の終わりごろに来てください」とお願いすることもあります。これは患者さんの職場や自宅が近所にある、島の中のクリニックだからできることかもしれません。

「誰もが不安になっているこんなご時世だからこそ、よろず相談所が必要なんだよ」

最終章の「奇跡のメソッド」。この倫太郎のように患者さんの声に耳を傾けられる医師と出会えれば、多くの患者さんがもっと正しく病気の現実と向き合えるでしょう。

しかし時間が限られた外来の中で、医師は治せない病気よりも治せる病気に時間を割く傾向があります。これは戦場のような環境ではトリアージ作戦として有効ですが、平和な社会の中では、治せない病気を患った人が気持ちの拠《よ》り所を失ってしまいます。「医師に見捨てられた」と感じた患者さんの目には、現在研究が盛んに行われている「遺伝子治療」や「免疫療法」という言葉が、どれくらい魅力的に映るのかは想像に難くありません。それを逆手に取っているのが、首都圏に溢《あふ》れる一部の自由診療クリニックだといえます。まだ研究段階である「遺伝子治療」などを、あたかも確立されたメソッドであるかのようにネット上で宣伝し、集客しているところも多くあります。それらは効果がほとんどないばかりか、患者さんが標準治療を受ける機会を奪ってしまうこともあります。

患者さんが不安な表情を浮かべていたり、何かを訴えようとしていたら、いったん外来の流れを断ち切ってでも、真摯な態度で接するべきだと考えています。私の場合は、現在の医療で治療可能な病気とそうでない病気について詳しく解説し、後者の場合は医師として大変残念な気持ちであることを伝えています。患者さんの気持ちを察して、それを共有できるように努めると、納得してもらえることが多いです。

最後に物語全体を振り返ります。ハーフパンツの倫太郎、底抜けに明るいミカ、林の中にひっそり建つ平屋のクリニック……フィクションならではの尖《とが》った設定が、重いテーマを内包して進行する物語に明るい光となって差し込んでいます。各章が扱うテーマはどれも深刻で、登場人物が右往左往する様子にはリアリティを感じます。彼らに降りかかる問題はどれも身近であるゆえに、他人事《ひとごと》ではありません。私自身も不安な気持ちを抱きます。そんな時にスイーツを持った倫太郎とミカが登場すると、気持ちがぱっと明るくなるのです。作中で深刻なテーマを実感しながらも、爽快な読後感を得られる小説だと思います。

（こうむら・もりお／医師）

YouTube／ぴーす〈東大卒医師〉@piece0385

◆取材協力　　社会医療法人若弘会　若草第一病院院長　山中英治

◆参考文献

NATROM『「ニセ医学」に騙されないために 危険な反医療論や治療法、健康法から身を守る！』 メタモル出版
山本健人『医者が教える正しい病院のかかり方』 幻冬舎新書
北口末広「遺伝子解明がもたらす人権上の諸問題」 人権問題研究所紀要
「遺伝子診断・遺伝子治療の新しい展開―生命倫理の立場から―」 日本医師会　生命倫理懇談会

そのほか、厚生労働省、医療機関、民間企業、患者団体等のホームページを参考にしています

本書はフィクションであり、実在する個人、団体等とは
一切関係がありません

本書のプロフィール

本書は、二〇二〇年十二月に小学館より刊行された同名作品を改稿し解説を加えて文庫化したものです。

小学館文庫

処方箋《しょほうせん》のないクリニック

著者　仙川《せんかわ》　環《たまき》

二〇二三年九月十一日　初版第一刷発行
二〇二四年十二月十日　第十二刷発行

発行人　庄野　樹
発行所　株式会社　小学館
〒一〇一－八〇〇一
東京都千代田区一ツ橋二－三－一
電話　編集〇三－三二三〇－五一三八
販売〇三－五二八一－三五五五
印刷所 ―― 中央精版印刷株式会社

ISBN978-4-09-407291-4